Casseta & Planeta

Como Se Dar Bem na Vida, Mesmo Sendo um Bosta

Objetiva

Dr. Helio De La Peña, Dr. Beto Silva,
Dr. Marcelo Madureira, Dr. Bussunda,
Dr. Claudio Manoel, Dr. Hubert e
Dr. Reinaldo, PhD

Como Se Dar Bem Na Vida, Mesmo Sendo Um Bosta

OBJETIVA

Sumário

ANTES DE MAIS NADA 9

1. VOCÊ ESTÁ SE DANDO BEM NA VIDA? 13

2. COMO SE DAR BEM NO AMOR 21

– Como se dar bem com as mulheres, mesmo sendo um merda 22
– Como uma adolescente pode se dar bem no primeiro encontro 28
– Piadas para levantar o astral do seu casamento 34
– Piadas para agradar a sogrinha 38

3. COMO SE DAR BEM NO TRABALHO 43

– Como se dar bem no trabalho, mesmo sendo um incompetente retardado 44
– As 6 melhores profissões do futuro 48
– Piadas para se dar bem no trabalho 54

4. COMO FAZER SUCESSO NA TV, MESMO SENDO UM MERDA 57

5. COMO SE DAR BEM COM O SEU CORPINHO 65

– Como perdi 20 kg de alcatra 67
– Incomodess 72

6. COMO SE DAR BEM COM A FAMÍLIA 75

– Meu filho, meu tesouro 76
– Chapeuzinho Vermelho 81
– Piadas para se dar bem numa festa infantil 84
– Teste: como se dar bem com os seus pais 87
– Piadas para se dar bem com a vovó e o vovô 91

7. COMO SE DAR BEM NO SEXO 97

– Últimas novidades em matéria de sexo......... 98
– Sexo: uma abordagem matemática 102
– Coisas que nós já comemos 110

8. COMO SE DAR BEM NOS ESPORTES 113

– Programa de treinamento para correr a maratona 114
– Como se dar bem no futebol 118

9. COMO SE DAR BEM SOCIALMENTE 121

– Frases e pensamentos engraçados 122
– Piadas para você se dar bem com as pessoas ... 127

10. OS CONÇÊLHIOS ESPIRITUÁLICOS DO SEU CREYSSON 139

Este livro contém ilustrações feitas pelo cartunista Mongol, que publicou seus trabalhos durante a década de 80, no jornal mensal *O Planeta Diário*. Depois desse período, abandonou totalmente a carreira e morou por um tempo fora do país, vivendo principalmente no Paraguai e no Ostracismo. Mas recentemente o artista conseguiu dar a volta por cima, graças a um processo de auto-ajuda, baseado na leitura das obras *Como Se Tornar Um Desenhista Do Caralho Mesmo Sendo Um Desenhista De Caralhos Na Parede Do Banheiro* e *Como Se Tornar Um Mestre Do Barroco Mineiro Mesmo Sendo Um Aleijadinho.*

A prática constante do auto-retrato enquanto fator de auto-ajuda foi fundamental para a recuperação do cartunista Mongol

ANTES DE MAIS NADA...

Parabéns. Se você comprou este livro é porque acha que é um bosta e deseja ir mais longe, desbravando novos horizontes. Muito bem, mas a auto-ajuda é um processo ÁRDUO e, às vezes, repleto de SURPRESAS.

Você já parou para pensar se você é REALMENTE um bosta? É isso mesmo: pode ser que você NÃO SEJA um bosta! Você, na sua arrogância e presunção, pode achar que é um bosta, mas isso pode ser uma ILUSÃO. Você pode NÃO TER AINDA ATINGIDO este estágio! Talvez você ainda seja apenas o cocô do cavalo do bandido, ou apenas um substrato de pó de bosta, ou, quem sabe, nada mais do que um verme imundo e desprezível.

Mas não se desespere. Nem tudo está perdido. Faça uma REFLEXÃO. Pegue um espelho bem grande, de mais ou menos 2m x 3m (reflexão tem que ser com espelho grande, porque se o espelho for pequeno é só um reflexo). Olhe-se no espelho. Ponha a mão na CONSCIÊNCIA. Agora LAVE BEM a mão. Passe CREOLINA e DESINFETANTE na mão. Enxugue a mão. Agora pergunte a si mesmo: Eu sou realmente um bosta ou eu não passo de uma molécula infinitesimal da menor partícula da titica de galinha?

Neste momento você tem que ser HONESTO consigo mesmo. Se você, depois desses minutos de reflexão, chegar à conclusão de que ainda não é um bosta, guarde este livro para ler depois, numa segunda etapa, e compre hoje mesmo nosso outro lançamento: *Como se Tornar um Bosta Mesmo Sendo um Deputado da Bancada Escrotista.*

Desenvolva sua auto-estima!
BANDIDO
CAVALO
você sabe com quem está falando?
Mongol

1

VOCÊ ESTÁ SE DANDO BEM NA VIDA?

O ser humano tem uma tendência natural a ser um bosta. Toda a sua vida é uma luta para tentar mudar esse destino cruel e inevitável. Se você comprou este livro, você certamente está disposto a mudar o rumo de sua lenda pessoal. Mas como saber se a sua vida está ou não sendo um sucesso? Cientistas da Universidade de Boston criaram um tabela infalível que permite graduar o quão merda você foi na vida até agora.

Como funciona a Tabela de Acontecimentos Marcantes?

É tão simples que até você é capaz de utilizá-la: basta ir somando os pontos correspondentes aos fatos mais importantes de sua vida até hoje. Veja o resultado no final da tabela.

* PPU > pontos por unidade

TABELA MASCULINA

	FATO	PPU*
	Gol de letra	+ 55
	Broxada	- 8,3
	Viagens a Nova York	+ 12,0
	Viagens a Nova Iguaçu	- 7,4
	Levar pé na bunda	- 9,3
	Levar pé na bunda e continuar amigo	- 24
	Mais de duas sem tirar	+ 12,0
	Mais de duas sem tirar nem pôr	- 12,0
	Outra broxada	- 20,5
	Pneu furado sem estepe	- 7,5
	Show de Jorge Vercilo	- 8,4
	Peido molhado	- 17,0
	Playboy da Juliana Paes	+ 3,2
	Bimbada na Juliana Paes	+ 17.033,8
	Bimbada na cozinheira Juliana da casa dos seus pais	- 2.817
	Carnaval na Bahia	+ 1,3
	Assistir DVD dos melhores momentos do Carnaval da Bahia	- 8,3
	Outra broxada! A terceira!	- 55,6

	Livro de auto-ajuda (menos este)	- 14,7
	Comer a gatinha mais gostosa do bairro	+ 5,2
	Levar um DNA da vagabunda mais gostosa do bairro	- 10,5
	Ganhar na megassena acumulada sozinho	+ 7.832
	Ganhar na megassena acumulada sozinho, mas perder o bilhete	- 7.832
	Debates, palestras ou reuniões	- 70,2
	Presença em formatura	- 37,8
	Festival do camarão a cinco reais	+ 27,6
	Descobrir por que o camarão custava só cinco reais	- 58
	Ciso incluso	- 37,3
	Telefone quebrado sábado à noite	- 123,5
	Batizado, reunião de condomínio, *bar mitzvah*, casamento do chefe, festa de debutante de sobrinha distante, festa de aniversário da firma (por evento)	- 1
	Tarde trepando numa ilha	+ 302
	Tarde num puteiro em Paquetá	- 302
	Dinheiro, mulher e cachaça	+ 10.055
	Cachaça	- 0

TABELA FEMININA

	Fato	PPU*
	Viagens a Paris	+ 12,0
	Viagens à Praça Paris em Bonsucesso	- 7,4
	Transar com Faustão ou Jô Soares ou Bussunda	- 3
	Conseguir sair ilesa debaixo de um deles depois da transa	+ 3
	Ganhar uma jóia do namorado	+ 20
	Celulite, estria e flacidez	- 35
	Ser obrigada a colocar botox para agradar o maridão	- 5
	Descobrir que o maridão já botox em outra	- 60
	Dar para o Brad Pitt	+ 2.550
	O Brad Pitt broxou	- 2.540
	Transar toda noite com o Chico Buarque	+ 25
	Chico Buarque é o apelido do seu vibrador	- 25
	Rugas	- 35
	Chegar na festa com uma amiga mais feia	+ 50
	Ser a amiga mais feia	- 50
	Comprar um sapato Prada	+ 20
	Levar uma cantada de uma sapata que calça Prada	- 25

	Telefone quebrado sábado à noite	- 123,5
	Ganhar na megassena acumulada sozinha	+ 7.832
	Ganharia na megassena acumulada sozinha se tivesse jogado, mas não jogou porque foi fazer as unhas	- 7.832
	Chá de bebê de prima distante, ficar bêbada na festa da firma, batizado, festa de um ano de bebê da pracinha (por evento)	- 1
	Marido rico	+ 2.500
	Ex-marido rico	+ 5.000
	Piercing no umbigo	+ 20
	Mamilo no umbigo	- 50
	Fazer testes para saber o quanto se deu bem na vida	- 20

RESULTADO:

de 4.000 até 20.000

Você é um bosta!

de -20 a +20

Você é um bosta!

de +20 a +100

Você é um bosta!

mais de 100

Você não entendeu ainda?
Se você se deu o trabalho de somar
os pontos, você é um bosta!
Vai procurar o que fazer!

Algumas mulheres preferem homens mais evoluídos.
E aí, gostosa? Pode ser ou tá difícil?
Podemos marcar um jantar pra daqui a 30.000 anos.
Mongol

2

COMO SE DAR BEM NO AMOR

Como se dar bem com as mulheres, mesmo sendo um merda

Se o seu coração bateu mais forte ao ler o título acima e você está lendo avidamente essas linhas, esperando encontrar a solução para todos os seus problemas, parabéns! Você está no caminho certo. Pelo menos, uma coisa já foi comprovada: você é um merda! Agora só falta aprender a se dar bem com as mulheres.

Mas se ao ler o título acima a mulher em quem você pensou foi a sua mãe, esqueça. Este artigo não é para você. Talvez numa próxima edição possamos contemplá-lo com algo do tipo Como Dar a Bunda à Vontade, Mesmo Sendo um Merda. Se bem que misturar merda com bunda numa mesma frase é meio baixo-astral...

Mas vamos parar de falar de merda e falar de mulher que é mais agradável.

Por que uma mulher daria pra você?

Essa é a primeira pergunta que você deve se fazer. Calma, não se desespere, sabemos que é difícil encontrar a resposta para esta profunda indagação, mas estamos aqui para ajudá-lo. Vejamos quais são os motivos que levam uma mulher a se entregar sexualmente a um homem.

a) Porque ele é bonito

Esqueça. Não é o seu caso. Está muito bem dito: porque ele é bonito. Se o bonito fosse você, já tinha parado de ler isso há muito tempo e estava mandando ver numas cachorras.

b) Porque ele tem dinheiro

Não seja machista, as mulheres não são tão interesseiras assim. As únicas que vão dar pra você por dinheiro são as prostitutas. As outras vão dar pra você, se você tiver um carro maneiro. Gastar no carro acaba saindo mais em conta, afinal você poupa o transporte e o motel.

c) Porque ele é famoso

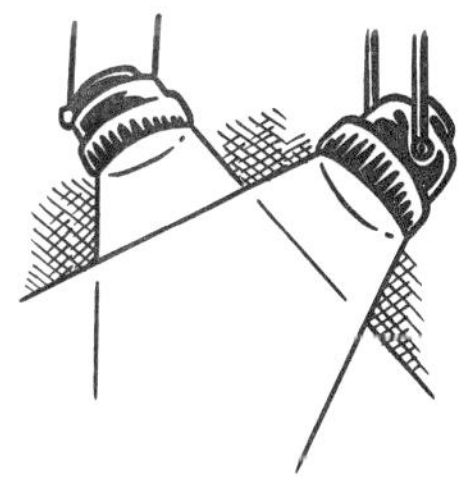

Há mulheres que fazem qualquer coisa para terem sua foto publicada nas revistas de celebridades e depois ficarem reclamando do fotógrafo que não pegou um bom ângulo e do vestido que estava marcando. Não se pergunte por quê, o importante é que elas adoram isso. O fato é que os famosos se dão bem.

Mas não adianta sair fazendo planos e dando pulinhos de alegria. Não é tão fácil assim, para um merda, ficar famoso. E as inscrições para o Big Brother Brasil desse ano já acabaram...

d) Por pena

Se você não se enquadrou em nenhuma das categorias acima, aqui está a luz no fim do túnel. Estatísticas comprovam que 98,7% das vezes que uma mulher dá para um merda, ela dá por pena. Portanto, aqui está a sua chance. Mas não pense que a coisa é tão fácil assim. Uma mulher nunca vai ter pena de você porque você é um merda.

A mulher não dá para o homem porque tem pena dele. Ela dá porque tem pena do que alguma outra mulher lhe fez. Se for a mãe então, é batata. Despertar o instinto maternal delas é infalível. Invente uma mãe que te maltratou ou que te abandonou. Imediatamente você deixará de ser um merda e se transformará em alguém que não teve o carinho necessário para colocar para fora toda sua potencialidade masculina. Quando ela perceber a farsa, você já colocou pra dentro toda a sua potencialidade masculina, que é o que realmente interessa.

O piço: passo a passo

Como partir para o ataque? O que dizer para a gata? Como fazer a abordagem? O que devo vestir? Aonde devo ir? Devo levar camisinha? Até onde o Lula sabia? Essas perguntas atormentam qualquer um que queira pegar uma mulher nos dias de hoje. Por isso, para que a sua caçada seja mais proveitosa, anote essas dicas básicas.

1) Entre a feia e a bonita, escolha a feia

Se você está numa festa e vê duas mulheres conversando, uma feia e uma bonita, lembre-se: ataque a feia. A bonita só está lá para distrair sua atenção. Você vai passar a noite inteira tentando mostrar que é inteligente e divertido, vai levar ela para jantar e, na melhor das hipóteses, quando chegar na porta da casa dela, ela vai dizer que você é um fofo, dar dois beijinhos e entrar correndo em casa. Só aí o mané vai perceber que morreu na grana do jantar e não comeu nada.

Com a feia é mais fácil. Basta dizer que quer ficar com ela, se a mocréia recusar, você ainda tem tempo de ir atrás de coisa pior...

2) Entre a sóbria e a bêbada, prefira a bêbada

Qualquer decisão que se toma na vida tem seu bônus e seu ônus. É muito mais fácil pegar uma mulher bêbada do que sóbria, afinal, como se sabe, ônus de bêbada não tem dono. Mas, se pegar a bêbada é mais fácil, o ato sexual propriamente dito fica mais complicado, exigindo muita perícia e experiência por parte do parceiro.

Em primeiro lugar: EVITE O SEXO ORAL. Pode ser traumatizante. São inúmeros os relatos em que o sujeito achou que estava agradando, conduzindo sua língua com desenvoltura nos recônditos da parceira, ouvindo os urros de prazer da amada

manguaçada e, de repente, acabou coberto de vômito. O que ele achava que era um orgasmo de uma mulher enlouquecida, na realidade era uma golfada de uma pinguça, agora adormecida.

Pesquisas comprovam que a melhor maneira de finalizar uma vagabunda alcoolizada é a chamada FODA PLUTO. A Foda Pluto, como o nome já diz, nada mais é que a velha e boa posição do cachorrinho. Com o complicador de que, graças ao teor etílico elevado, o "cachorrinho" não consegue se manter em pé e fica com as patas escorregando para a frente, lembrando o totó do desenho animado. Portanto, é necessário muita força nos braços, segurando as ancas da parceira para que ela não desabe e caia no sono. Se isso acontecer, esqueça, a noite foi perdida. Quando acordar, ela não vai mais querer dar pra você...

3) Quem nunca sai de cima, um dia trepa

Essa é a tática mais cruel para com as meninas, mas é quase infalível. Trata-se da insistência total e absoluta. Consiste em estar sempre ali do lado, como cachorro no cio, esperando um segundo de vacilo na porta do canil para cair matando. Mas é preciso paciência e dedicação. Às vezes demora bastante tempo até você ouvir a senha: "Que que eu faço pra me livrar de você?" Se você for bom mesmo, ela fará qualquer coisa para se livrar do chato.

CONCLUSÃO

Chega na minha conclusão. Agora você já pode ir tirando a naftalina do armário das camisinhas e espanando o pó da rola que a jurupoca vai piar. Com essas dicas você vai acabar comendo gente. E o que é melhor, vai preservar sua identidade. Você vai poder pegar umas vagabundas, sem deixar de ser um merda!

COMO UMA ADOLESCENTE PODE SE DAR BEM NO PRIMEIRO ENCONTRO

Mesmo pessoas maduras, inteligentes e preparadas têm diversas dúvidas sobre questões cruciais da vida. Agora imagina um ser insignificante, metido a revoltado e dotado de um vocabulário precaríssimo como uma adolescente! Se você está nesta faixa complicada que começa no nascimento dos peitinhos e acaba com o fim das espinhas, é preciso saber de algumas coisas:

Primeiro: Precaríssimo quer dizer escasso, muito pouco, mais ou menos como esses pelinhos que estão começando a nascer aí no seu *playground.*

Segundo: Não tenha medo de fazer qualquer pergunta, por mais idiota que ela seja. Ninguém espera mesmo nada inteligente de você.

Veja agora as principais perguntas que toda adolescente sempre quis fazer no seu *blog,* mas não teve tempo porque estava pendurada no telefone.

Até onde devo ir no primeiro encontro?

É uma pergunta que toda menina se faz. A resposta depende muito de cada pessoa, não há uma regra geral. Mesmo porque, se houver uma regra, você não deve ir a lugar nenhum. Não fica bem, já no primeiro encontro, chegar tirando o OB. Para saber até onde se deve ir, é importante definir logo quem vai pagar a passagem. Se é você, não vá muito longe. Se é ele que paga a passagem, pode ir até o interior de Rondônia.

Quando começar a usar sutiã?

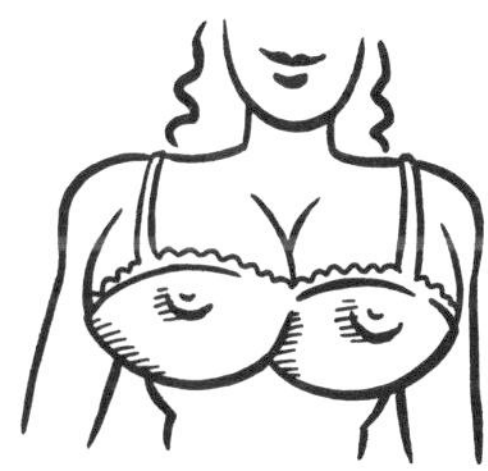

Se você é adepta do sutiã, o melhor é começar a usar antes de sair de casa. Mas o sutiã, assim como o hímen, não é uma peça indispensável no vestuário da garota moderna. Mesmo porque, quando a menina é muito jovem, não tem muito o que botar dentro da peça. Ao contrário do hímen, que você deixa de usar quando bota uma peça pra dentro.

Hoje em dia, com o advento do silicone, qualquer despeitada pode vestir um sutiã, basta passar numa clínica e dar aquela calibrada. Todo homem se amarra num peitão e peitão tem que ter sutiã. Ele é uma espécie de óculos para os peitos. Quando eles estão olhando para frente, está tudo bem, mas quando começam a sofrer de vista cansada e passam a enxergar só o próprio umbigo, é hora de botar o sutiã. Apesar dos avançados estudos, ainda não foi inventada a lente de contato para os seios.

Chocolate dá espinha?

Toda adolescente tem uma grande propensão a acreditar em qualquer bobagem. E essa é uma crendice muito difundida entre as adolescentes. Todas acham que se comerem chocolate ficarão com a cara marcada de espinhas. Isso não passa de uma invencionice. Pode comer chocolate à vontade, seja em barra, bolo, sorvete, *milk-shake* ou em brigadeirão direto da panela quente. Você não ficará com a cara marcada de espinhas, mas ficará marcada na escola, no seu prédio e no shopping como aquela baleia cheia de celulite.

Agora, se chocolate é aquele negão ajumentado, percussionista do Olodum, que vive te dando uns lances, esse também não dá espinha. Dá dor na espinha.

Todas as minhas amigas já transaram, menos eu. Por que sou tão diferente?

Não se preocupe, toda adolescente assim... como diríamos... trubufu se faz essa pergunta. Bom, é preciso responder a uma questão fundamental: você tem espelho em casa?

Em caso afirmativo, é preciso saber outra coisa: seu reflexo cabe no espelho? De qualquer jeito, relaxe, o sexo não é tudo na vida. Existem outros sentimentos mais fortes, como a inveja, por exemplo. Você pode ser aquela gordinha simpática, carente e fofoqueira que sua amiga gostosa adora levar pras festinhas em que ela vai se dar bem. Mas se você é uma mocréia do tipo popular e fogosa, pode se dedicar à política e se eleger deputada federal. Assim, vai poder fazer um monte de sacanagem e foder com todo o povo brasileiro.

Como evitar a gravidez?

Com o advento dos filmes de sacanagem, a sexualidade entre os adolescentes ficou meio confusa. É preciso deixar claro que não há reprodução quando o macho goza na barriga da fêmea. Aliás, o *coitus interruptus*, mais conhecido como "gozar fora", continua sendo um dos métodos anticoncepcionais mais utilizados. Mas cuidado: explique direito ao seu namorado, gozar fora não quer dizer atingir o clímax em outra rua, outro bairro ou em outra cidade.

Ele está me olhando de um jeito estranho. Que devo fazer?

Primeiro, tente descobrir se não tem um ranho descendo do seu nariz ou um caroço de feijão preso no seu belo sorriso. Se estiver tudo limpeza, tudo vai depender do clima romântico que estiver rolando entre vocês. Se você e seu parceiro estiverem sozinhos, numa rua deserta, no escurinho, de frente um para o outro, você deve verificar se não se trata de um assalto. Sendo um assalto, não é de bom-tom sair pegando na pistola do rapaz.

Outras questões fundamentais à espera de respostas fundamentais:

Meu namorado quer tatuar o escudo do Vasco na minha virilha. Devo permitir?

Meu namorado é traficante internacional e, nas horas vagas, terrorista suicida fundamentalista. Devo contar para os meus pais?

Minha melhor amiga tem buço, fala grosso e me convidou para ir à sua caixa de sapatos ouvir o disco de uma cantora eclésbica. O que fazer?

Seu casamento está mal?

Se você cruzar com a sua mulher fora da cozinha talvez nem a reconheça?

Como você se refere ao seu marido?

infeliz?

imbecil?

imprestável?

desgraçado?

Ou safado?

Calma, gente!

Não há nenhum problema em um casal viver se odiando. Afinal de contas, o ódio entre os cônjuges é a base de um bom casamento.

Mas um pouco de bom humor é fundamental!

POIS ENTÃO AQUI VÃO ALGUMAS...

...PIADAS PARA LEVANTAR O ASTRAL DO SEU CASAMENTO...

O sujeito comenta com o amigo:

– Eu não sei mais o que fazer! As poucas vezes que volto tarde pra casa, tiro os sapatos antes de entrar, subo a escada sem fazer barulho, tiro a roupa no banheiro e deito na cama bem devagarzinho, mas mesmo assim minha mulher sempre acorda e me dá uma bronca daquelas!

– É que você está usando a tática errada! Eu já chego cantando pneu, dou aquela brecada escandalosa, bato a porta, subo a escada pisando forte, tiro a roupa e os sapatos e jogo tudo no chão, pulo na cama e pergunto pra minha mulher com aquele bafo de bebida:

– Que tal uma trepadinha? E ela continua fingindo que está dormindo.

•••

Um casal estava dormindo profundamente. De repente, lá pelas três horas da manhã, escutam ruídos fora do quarto. A mulher se sobressalta e, totalmente espantada, diz para o homem:

– Aaaaaiiiiiii, deve ser o meu marido!!!

O cara se levanta espantadíssimo e peladão, pula como pode pela janela e cai em cima de uma planta com espinhos. Em poucos segundos ele volta e diz:

– Desgraçada... teu marido sou eu!!!

– É, seu corno? E pulou a janela por quê?

Um casal recém-casado chega ao hotel para a lua-de-mel. Depois de vários minutos de preliminares, o noivo está prestes a partir para os finalmente quando a noivinha pergunta:

– Amor, é verdade que quando uma mulher se casa ela tem que deixar de cobrar?

•••

O marido chega em casa cansadão e encontra a mulher toda *sexy* preparada para uma noite de amor, com duas taças de champanhe na mão, vestindo uma *lingerie* novinha. Ela pega a pasta da mão do marido, afrouxa a gravata e, dando vários beijinhos no pescoço do maridão, cheia de tesão, sugere:

– Ai, amor, vamos fazer um 69?

– Ah, meu bem, eu tô cansadão. Vamos fazer só um 68...

– 68? Como é que é isso?

– Você chupa o meu pau e eu fico te devendo uma!

•••

A mulher entra num restaurante e encontra o marido com outra:

– Pode me explicar o que é isto???

E ele responde:

– Azar, muito azar...

•••

Dois soldados trocam impressões:

– Por que você se alistou?

– Porque sou solteiro e gosto de guerra. E você?

– Porque sou casado e gosto de paz.

– Querido, o que você prefere? Uma mulher bonita ou uma mulher inteligente?

– Nem uma, nem outra. Você sabe que eu só gosto de você.

•••

O sujeito chega em casa com uma ovelha nos braços. O cara encontra a mulher lendo um livro deitada na cama. Ele diz:

– Amor, essa é a vaca com quem eu tenho relações quando você tem dor de cabeça...

A mulher responde:

– Se você não fosse tão idiota, se dava conta de que é uma ovelha.

O cara sorri:

– Cala a boca! Estou falando com a ovelha.

•••

Sexta-feira, o cara chega tarde do trabalho estressado, louco pra dar uma trepada e encontra sua mulher dormindo. Rapidamente ele pega duas aspirinas e coloca, com cuidado, na boca dela. Depois de alguns segundos, ela engasga com os comprimidos e acorda indignada:

– Eca! O que você colocou na minha boca?

– São duas aspirinas – responde ele, calmamente.

Ela rebate, aos berros:

– Mas eu não estou com dor de cabeça!

– Arrá! Era isso que eu queria escutar...

O cara estava no bar com os amigos, quando resolve ligar pra casa:

– Meu bem, eu estou aqui bebendo com os amigos no bar e tô pensando em levar a galera praí pra continuar enchendo a cara, tudo bem?

– Claro, amorzinho, traz os seus amigos que eu vou preparar uns petiscos...

– Desculpa, foi engano.

•••

Qual é a vantagem de um boquete etíope?

Você sabe que ela vai engolir.

•••

Qual é a diferença entre o ponto G e uma bola de golfe?

Os homens não descansam enquanto não acham a bola de golfe.

PIADAS PARA AGRADAR A SOGRINHA

O rapaz chega em casa muito animado e diz para sua mãe que se apaixonou e quer se casar. A mãe inicia uma série de perguntas, e ele faz a seguinte proposição:

– Mãe, eu vou fazer o seguinte: vou trazer aqui amanhã três mulheres e você irá tentar adivinhar com qual delas eu irei me casar.

A mãe concorda. No dia seguinte, ele traz três mulheres lindíssimas. Elas ficam conversando com a mãe do rapaz durante um bom tempo. Depois de horas de conversa entre elas, o rapaz chega e pergunta:

– Então, mãe, você é capaz de adivinhar com qual eu vou me casar?

A mãe responde imediatamente:

– Com a loura.

O rapaz fica surpreso e pergunta:

– É incrível, mãe. Você acertou! Mas como é que adivinhou?

A mãe responde:

– Não gostei dela...

•••

Dois amigos conversavam na porta de um bar, quando observaram que vinha um enterro.

– Deve ter morrido alguém muito importante.

– Por quê?

– Olha a multidão acompanhando aquele enterro!

– É mesmo! Deve ter umas 500 pessoas.

– Por aí!

– Olha só, tem um cachorro andando debaixo do caixão.

– É mesmo, que estranho! Por que será, hein?

– Sei lá. Vou perguntar pra alguém do cortejo.

Ele se aproximou de um dos homens que seguravam a alça do caixão e perguntou:

– Desculpa eu perguntar, mas quem é o falecido, hein?

– Minha sogra – respondeu o homem.

– Ela era importante?

– Não, quase ninguém a conhecia.

– E esse cachorro, debaixo do caixão?

– Era dela!

– E a sua sogra, morreu de quê?

– O cachorro dela a mordeu.

– Amigo, você podia me emprestar esse bichinho?

– Até empresto, mas você vai ter que entrar nessa fila aí atrás...

•••

O homem leva um susto ao ouvir a previsão de uma cartomante:

– Em breve sua sogra morrerá de forma violenta.

Imediatamente ele pergunta à vidente:

– Violenta? E eu? Serei absolvido?

•••

Um homem encontra seu amigo na rua e lhe diz:

– Cara, você é igualzinho à minha sogra, a única diferença é o bigode!

O amigo fala:

– Mas eu não tenho bigode!

– Mas minha sogra tem.

•••

Sabe em quantas partes se divide o cérebro da sogra?

Depende da porrada.

•••

A garota chega pra mãe, reclamando do ceticismo do namorado:

– Mãe, o Ricardo diz que não acredita em inferno!

– Case-se com ele, minha filha, e deixe comigo, que eu faço ele acreditar!

Qual dessas palavras abaixo é do gênero feminino, e por quê?

BANDEIRA

GALINHA

DIRETORIA

FARINHA

MATEMÁTICA

Resposta
BANDEIRA – Não é, porque tem pau.
GALINHA – Não é, porque tem pinto.
DIRETORIA – Não é, porque tem membro.
FARINHA – Não é, porque tem saco.
É MATEMÁTICA! E por quê?
Tem regras demais, muito complicada e ninguém entende...

Seja gentil com o chefe.
IH! pisei em você, Jurandir... foi mal...
CHEFE
Não. A culpa foi minha. Eu é que estava embaixo do seu sapato...
Mongol

3

COMO SE DAR BEM NO TRABALHO

COMO SE DAR BEM NO TRABALHO, MESMO SENDO UM INCOMPETENTE RETARDADO

Hoje em dia se dar bem no trabalho é muito difícil. É preciso estudar, se preparar, fazer dez, 15 MBA no Brasil e fora do Brasil, estar sempre se atualizando, enfim, tem que suar a camisa. Mas como um bosta como você vai conseguir se dar bem no trabalho? Ora, é só usar o método mais fácil e rápido do mercado: puxar o saco do chefe! Então, anote aí essas dicas de como puxar o saco do chefe sem babar muito a gravata.

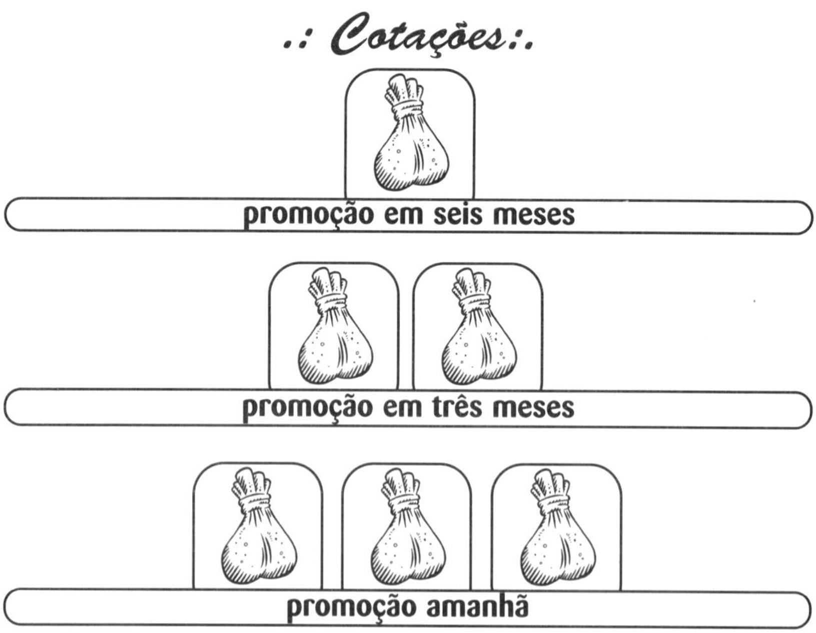

SERVIR CAFEZINHO PRO CHEFINHO

Aquele sujeito que ficava sempre ao lado do chefe oferecendo cafezinho o tempo todo é uma figura do passado. Esse tipo de puxa-saquismo tem o seu valor, mas é pouco eficiente. Afinal, qualquer mané pode ficar oferecendo cafezinho pro chefe. O puxa-saco moderno, antenado, sabe que o negócio não é oferecer cafezinho, a boa é oferecer laranja. Um laranja para os desvios que o chefe faz das contas da empresa, outro laranja para as contas no exterior do patrão...

CARREGAR A MALA DO CHEFE

A idéia não é livrar o chefinho do inconveniente peso da mala. Não! Você deve sempre carregar a mala do chefe para que, quando a polícia der uma dura, você possa assumir para si os inexplicáveis milhares de dólares que estão dentro da mala. E, é claro, acabar indo no lugar do chefinho para a cadeia.

COMER A MULHER DO CHEFE (*)

Você deve estar pensando: Esse cara tá maluco, se eu comer a mulher do chefe, ele me mata. E eu respondo: É claro que não! Tudo que o chefe quer é que alguém deixe a bruaca tranqüila, assim ele pode comer as vagabundas gostosas que ele tá a fim e não precisa bater ponto em casa, que a patroa tá saciada. Se você traçar a mocréia que ele tem em casa numa boa, o chefe vai te agradecer pelo resto da vida. E se você for um puxa-saco competente e fizer o serviço direitinho, a mulher do chefe não vai nunca pensar em se separar dele, e principalmente, não há risco da mocréia levar metade do patrimônio do seu chefe! Então, o que você está esperando? Comer a mulher do chefe é tudo o que ele espera de você.

(*) Essa dica só serve para homens ou se você for mulher, para casos em que a esposa do chefe calça um número maior do que ele.

PREPARAR A VIAGEM DO CHEFE

Quando o chefe vai viajar, ele não gosta de esquecer nada importante e cabe a você estar atento para que o patrão não sinta faltar nada em sua estada fora de casa. Planilhas, relatórios, arquivos, calculadora, blocos, canetas, *palm-top*, *lap-top*, isso tudo que se foda! Você tem que se preocupar com o que interessa!

- uma ração de Viagra
- muita camisinha
- dependendo do tipo de chefe, uns chicotes, correntes e utensílios de couro
- telefone de vagabundas em cada local de estada
- uma garrafa de uísque
- mais camisinha
- mais Viagra
- uma boneca inflável
- revistas de sacanagem
- outra garrafa de uísque pra garantir
- remédio para dor de cabeça

TRATAR MUITO BEM DA SECRETÁRIA DO CHEFE

O mesmo cuidado que você reserva para o seu chefe, você deve ter com a secretária dele. Afinal, ele não contratou aquela loura gostosíssima e *supersexy* para ser sua secretária porque ela é competente. Ele, obviamente, está comendo a secretária! Então você deve fazer todo o serviço dela, digite as cartas e memorandos, controle você mesmo os pagamentos do chefe, faça a agenda dele e atenda os telefonemas que a secretária deveria atender, mas não pode porque está com a boca ocupada fazendo um serviço para o chefe no escritório dele.

Ah, sim, se você for homem e a secretária por acaso engravidar do seu chefe, você deve assumir a criança.

ASSÉDIO SEXUAL

Se você é uma mulher bonita, ou razoavelmente bonita, ou pelo menos que dê para encarar, uma boa fórmula para se dar bem no trabalho é dar em cima do chefe (*). Mas é claro que você não vai dar em cima dele para cair em sua cantada, sair com ele, jantar com ele e dar para ele! Pelo amor de deus, isso é muito antigo! O negócio é colocar aquele decote provocante, colocar as pernocas de fora numa superminissaia e, quando o chefão partir com tudo pra cima de você, gravar tudo e ameaçá-lo de assédio sexual. Dependendo da escrotidão da cantada do chefe, você pode até pegar o lugar dele!

(*) Se você é homem e o seu chefe é *gay*, essa dica também é válida.

AS 6 MELHORES PROFISSÕES DO FUTURO

A crise anda braba, o bicho tá pegando. Atualmente a luta por uma vaga no mercado de trabalho é árdua e complexa. Depois de passar a adolescência tocando punheta e fumando maconha, você é obrigado a tomar difíceis decisões. Você tem que escolher entre o desemprego estável de uma profissão da velha economia, como advogado, engenheiro, ou optar pelo desemprego dinâmico e criativo de uma carreira da nova economia, como *videomaker* ou *webdesigner*.

Você não se considera um qualquer, é um desempregado enjoado e metido a besta, não vai aceitar um empreguinho furreca para receber duas mariolas no fim do mês. Você sonha alto, aspira a salários de duas mariolas e um pé-de-moleque, no mínimo. Para isso, é preciso saber: quais são as profissões mais cobiçadas no mundo de hoje?

Fique tranqüilo, não precisa sair da praia para descobrir isso. Enquanto você fica aí na vadiagem, nosso departamento de negócios e *business* está ralando, pesquisando quais as atividades profissionais que apresentam as melhores oportunidades. Escolha uma delas e bote o seu boi na sombra.

POLÍTICO CORRUPTO

Um dos profissionais mais bem remunerados do mercado de trabalho, se é que você considera trabalho ser político. Milhares de vagas são oferecidas de quatro em quatro anos e são preenchidas através de um programa eleitoral, uma espécie de "O Aprendiz", no qual o povo faz o papel de Roberto Justus, mas sem aquele topete ridículo. Essa profissão não exige curso superior, muito menos uma qualificação específica, mas é bom ter algum conhecimento, principalmente em Brasília. Por conta da possibilidade de um enriquecimento rápido, essa profissão tem sido muito procurada por escroques, picaretas, oportunistas e pela polícia.

PILOTO DE PROVA DE NOVAS DROGAS

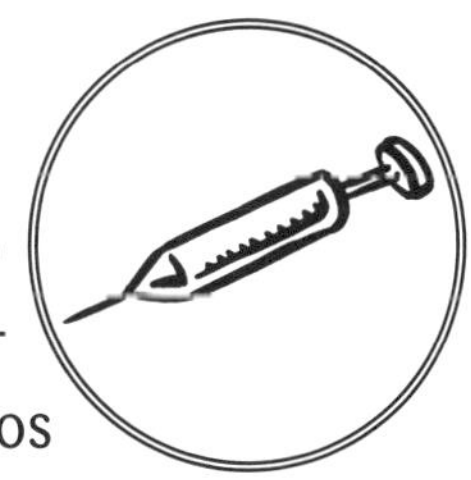

As novas drogas são um mercado emergente, em constante expansão. A cada dia surgem novos produtos que precisam ser testados pelos traficantes antes de serem colocados à disposição do consumidor. O profissional desta área tem que apresentar interesse em experimentar novas sensações, como alucinação, vômito, convulsão e epilepsia. Para se tornar um profissional cobiçado por laboratórios clandestinos e traficantes internacionais, o piloto de prova de novas drogas não pode ter preconceitos, tem de aceitar se submeter à ingestão de substâncias como cocô de cachorro com soda cáustica ou peido de ovelha australiana com ácido sulfúrico. Tem que tomar a droga de qualquer maneira, seja a droga pastosa, gasosa, injetável ou mesmo em forma de supositórios *extralarge* turbo. Recomenda-se que o candidato a esta carreira tenha algum interesse em culinária, pois terá de sobreviver fritando neurônios.

CARTOLA

Muito brasileiro sonha desde criancinha em ser jogador de futebol. A vida glamourosa, as mansões, os carrões, a mulherada, as noitadas povoam o imaginário do nosso povo. No entanto, essa é a realidade de apenas 0,01% dos profissionais da bola. Se você não joga nada, mas quer viver de bolada, deve correr atrás de um emprego de cartola. É uma ocupação que não demanda preparo físico, nem estudo específico. Mas as chances de ser bem-sucedido na carreira aumentam se o candidato mostrar no seu currículo que tem formação. Formação de quadrilha. O cartola é um profissional que não recebe salário, vive de rendas, as que ele conseguir desviar.

FALSA LOURA FUNKEIRA POPOZUDA

O futebol feminino não está com essas bolas todas, assim como os grupos de pagode femininos não andam arrebentando a boca do pandeiro. Mesmo assim, muitas mulheres de visão abriram as cabeças e outras partes de sua anatomia para viver de samba ou futebol. É a falsa loura funkeira popozuda, uma profissional que atua num nicho de mercado muito competitivo e para se dar bem sabe que é preciso ser boa. Muito boa, aliás, gostosa pra cacete. A profissional que tiver alguma experiência na Xerox ou em outras empresas copiadoras leva vantagem, pois é importante saber reproduzir. Tem de se atualizar constantemente e estar bem preparada para passar num exame de DNA. A falsa loura funkeira popozuda não trabalha sozinha, ela precisa saber escolher seu parceiro, o sócio capitalista que fará o papel de otário. Trata-se de uma carreira que, quando bem administrada, é altamente remunerada, não há espaço para amadoras, só mamadoras profissionais.

TERRORISTA SUICIDA

Esta é uma profissão que está arrebentando e novos profissionais estão sendo recrutados em todo o mundo por organizações clandestinas. O crescimento da demanda abriu espaço para candidatos de origem não-muçulmana. O emprego tem uma característica muito atraente: o pagamento do salário costuma ser antecipado. O terrorista profissional pode atuar nos mais variados pontos do planeta, seu trabalho pode ocorrer em verdadeiros cartões-postais de cidades como Nova York, Londres, Madri ou Tel-Aviv. Mas dificilmente o profissional volta para contar aos amigos como foi a viagem. Apesar de malvista, é uma carreira extremamente estável: além de não se preocupar com aposentadoria, o terrorista suicida ainda tem trabalho até o fim de sua vida.

RICO

É a profissão mais procurada, tanto na velha quanto na nova economia. Independentemente do nível de escolaridade ou da área em que esteja atuando, todo mundo quer migrar para a carreira de rico. Muitos cursos e seminários têm o objetivo de formar profissionais competentes e bem preparados para este setor, mas as vagas são poucas e ninguém está disposto a largar este osso. A maneira mais segura de se iniciar nesta carreira é pela via hereditária, isso se o seu pai não tiver gastado toda a fortuna da família em cachaça e pensão para sua mãe te criar. O rico é um profissional muito invejado, mas sua carga horária é pesada – ele não faz nada por 14 a 16 horas por dia, sem direito a trabalhar nem mesmo no intervalo do almoço. Depois, quando a maioria volta para seus lares para descansar, ele tem que sair para a balada, beber e dançar durante toda a madrugada. Mesmo nos dias de folga, ele continua sendo rico. É uma profissão estressante. A rotina de viagens longas, restaurantes caros e esportes sofisticados pode gerar uma série de doenças no rico, como o olho gordo e a sonegação de impostos.

Se você é um merda, um incompetente, um cara que não serve para porra nenhuma no trabalho, que nunca é chamado para ajudar nem na mais imbecil das tarefas, que não tem capacidade para comprar um sanduíche na esquina, nem cafezinho você consegue pegar pra ninguém porque sempre derruba a xícara no meio do caminho, então seja pelo menos aquele pateta que descontrai o ambiente. Decore essas...

PIADAS PARA SE DAR BEM NO TRABALHO

O sujeito vai andando pela rua quando, de repente, um assaltante lhe aponta a arma.

– Passa o relógio!

O coitado lhe dá seu Rolex falso e o ladrão reclama:

– Que é isso? Esta merda qualquer camelô vende por vinte reais! Passa a carteira, porra!

O homem passa a sua carteira de plástico, imitação de Pierre Cardin, e o assaltante encontra nela três passes de ônibus, dois vales-refeição e cinco reais. Brabo, o ladrão diz:

– Paletó gasto, sapatos fodidos e a única coisa que parecia prestar aqui não passa de uma imitação barata! Afinal, que porra você faz na vida?

O cara responde, quase chorando:

– Sou engenheiro!

E o ladrão pergunta, com um sorriso simpático:

– Eu também! Qual era tua turma?

•••

O cara acordou na manhã seguinte da festa de final de ano da empresa com uma tremenda dor de cabeça, e não conseguia lembrar nada do que havia acontecido na festa. Na mesa do café-da-manhã, ele perguntou a sua mulher:

– Você lembra do que aconteceu na festa de ontem? Foi tão ruim quanto eu imagino?

– Foi pior. Você ficou doidão, começou a discutir com toda a diretoria da empresa e acabou mandando o presidente da empresa tomar no cu!

– Eu fiz isso? Também aquele cara é um babaca!

– Pois é, ele te mandou pra rua!

– Ah, foda-se ele!

– Já fodi! Você volta ao trabalho na segunda!

•••

Os empresários numa mesa de um restaurante após o almoço:

– O que você tá fazendo na vida?

– Bem... eu montei uma recauchutadora de pneus. Não tem aquela estrutura e organização que havia quando eu trabalhava na Pirelli, mas vai indo muito bem.

– E você, José?

– Eu abri um posto de gasolina. Evidentemente, também não tenho a estrutura e a organização do tempo em que eu trabalhava na Shell, mas estou progredindo.

– E você, Antônio?

– Eu montei um puteiro.

– Um puteiro?

– É, um puteiro! É claro que não é aquela zona toda de quando eu era deputado no Congresso Nacional, mas até que tá dando lucro!

Antes de se dar bem na TV é preciso se dar bem vendo TV.
Estivemos fora do ar devido a uma falha nos nossos telespectadores.
Mongol

4

COMO FAZER SUCESSO NA TV, MESMO SENDO UM MERDA

Introdução

A título de introdução, para tranqüilizar o leitor, queremos logo adiantar que não acreditamos nesse papo de que, pra entrar na TV, todos tenham que se submeter às obrigatórias introduções. Até onde pudemos ver (algumas vezes estávamos de costas), as introduções, nesse caso, são absolutamente facultativas. É introduzido quem quer, da maneira que quiser. Mas é altamente recomendável o uso de algum tipo de lubrificante. Portanto, não espere deste capítulo nenhuma história escandalosa sobre hipotéticos "testes do sofá", mesmo porque, pelo que apuramos, o famoso sofá onde eram realizados os tais testes não resistiu às contratações do Faustão, do Jô e da Regina Casé e hoje jaz, desabado, num almoxarifado qualquer.

Como fazer sucesso na TV, mesmo sendo um merda

Bom, pra quem é, realmente, um bosta, este capítulo traz excelentes notícias. Esta é uma das áreas mais propícias para você e seu solitário neurônio alcançarem aquilo de que todo mundo gosta, aquilo que todo mundo quer: boceta, xoxota e mulé!

Caso você seja uma fêmea do sexo feminino e não esteja interessada em nada disso,[1] mas também queira atingir o estrelato televisivo sem possuir nenhuma aptidão para tal, esta

(1) Caso esteja, recomendamos também a leitura do clássico *Como Ser uma Cantora Eclésbica de Sucesso*, de Xana Velcrolina – Cia. das Tetas.

parte do livro também lhe será de muita utilidade, pois com a fama, vem a grana e com a grana, você poderá realizar, finalmente, o maior sonho de toda mulher: o *closet* próprio.

Existem inúmeras possibilidades de se fazer sucesso na TV, mesmo sendo uma total e absoluta nulidade. Examinaremos aqui algumas delas, veja em qual você se encaixa (no bom sentido, é claro, de dentro pra fora).

Você é bonita(o) pra cacete e ainda tem uma baita bunda e mesmo assim é um(a) merda.[2]

Suas chances são bastante altas. Somando-se todas as vagas para apresentadoras(es) radicais, para *realitys* bonitões e bonitonas, para dadeiras famosas e para galãzinhos lindões de piru pequeno, dá um porrilhão de gente. É muita vaga. E o que é melhor, só exige o emprego (e emprego informal!) de uma ínfima parcela do nosso idioma.

Mas mesmo sendo muita gente, a dura realidade é que a maioria de nós não está incluída[3] entre os privilegiados possuidores de um bom rabo e somos feios pra caralho. Além de tudo, somos muito burros, porque se sabemos que não somos nem lindos, nem popozudos, por que estamos lendo esta porra até agora e não pulamos logo para a opção seguinte?

---

(2) No caso da baita bunda ser propriedade de um ser do sexo feminino, ela só será considerada "Uma merda" pelos críticos de TV, ou seja: mocréias e liberadores de brioco em geral.

(3) Até a última contagem de pregas, só um dos autores já tinha sido incluído, mas mesmo assim alegou que na ocasião estava bêbado e que tinha sido no carnaval.

Você não fede nem cheira ou é o maior trubufu e, pra compensar, não sabe fazer porra nenhuma.

Calma, não se mate! Quer dizer, pensando bem... se você se matar assim de um jeito inusitado, ou num lugar surpreendente, ou mesmo numa esquina superlotada, você, certamente, vai fazer sucesso na TV. Um pouco efêmero talvez. Que nem um ex-BBB, com a vantagem para estes, que permanecem vivos (embora sem nenhuma atividade cerebral).[4]

Se você não quer algo tão radical (issa! iurru!) como morrer, para aparecer na TV, outra boa opção muito em voga é ser surpreendido, por câmeras ocultas, embolsando um dindim da gentalha, ou se jactando da sua última maracutaia. Apesar de muita gente já ter descoberto esse filão, a divulgação ainda tem sido grande. Dependendo dos valores, do texto ou das imagens, você poderá ficar semanas em cartaz nos telejornais e, com sorte, vai assinar um contrato milionário pra posar nu(a), mostrando toda a desinibição do seu rabo preso (não se preocupe com sua desqualificação rabônica, hoje em dia o *photoshop* faz milagres).

Se você é tão merda, que é daqueles que, infelizmente, jamais terá a oportunidade de lesar os cofres públicos e, mesmo assim, quer fazer sucesso na TV, suas chances, embora não mais tão grandes, ainda existem.

---

(4) Sacanear BBB aqui é bom demais. Eles nem vão saber... nenhum lê mesmo.

O importante é persistir e nunca desacreditar um único momento do lema: "Se tem tanta merda na TV, por que não um merda como eu?".

Portanto, o negócio é botar a cabeça pra funcionar (calma, vá aos poucos... não vá se sujar) e tentar pensar em algo original, algo que atraia a atenção dos meios de comunicação.

Bom, como você é um merda, não vai conseguir pensar em merda nenhuma mesmo e como pagou por esta merda de livro pra ver se os merdas dos autores tinham alguma merda de idéia, aqui vão algumas propostas bem merdas:

A HORA DA SEREIA – Programa de dicas culturais, de orçamento bem barato. Composto apenas por você, completamente nu, com um peixe enfiado no rabo (sendo o rabo, no caso, o seu e não o do peixe), de modo que o rabo do peixe fique pra fora do seu rabo e a cabeça pra dentro do mesmo (sendo o mesmo, no caso, o seu mesmo).

ESPORTE É ESPETÁ O CU LÁ – Programa esportivo-sensacionalista que se passa no mesmo espaço (seu rabo) que o anterior. A diversão é garantida, a família brasileira vai ficar ligada, torcendo pra saber se você vai conseguir espetar ou não o brioco em diversos objetos enviados pelos telespectadores. Um *show* de interatividade!

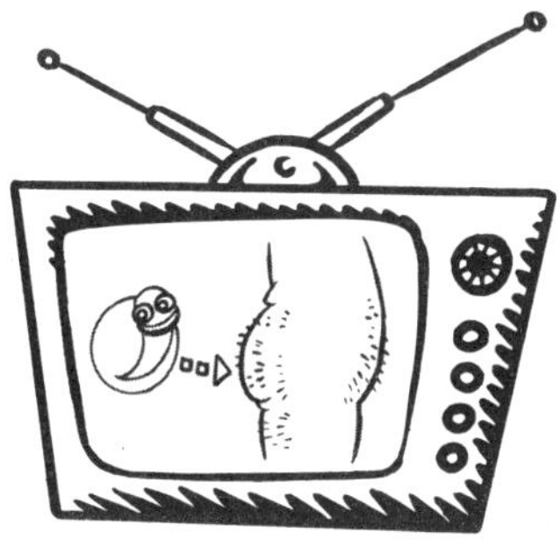

CASSETA & PLANETA URGENTE – Este já é um pouco mais complicado. A vantagem é que é o único tipo de programa, na história da nossa televisão, em que ninguém tem nada introduzido em orifício nenhum. Por outro lado, você precisaria arranjar mais seis merdas pra fazer o programa com você. Além do mais, já existe um programa desses no ar! Mas não precisa entrar em Pânico, mesmo porque se você entrar, não podemos garantir a integridade do seu pavilhão retofuricular. Dizem que em pânico, todo mundo distribui o rabicó. Dizem.

CONCLUSÃO

E aí, você chegou na nossa conclusão? [5]

Como você viu, [6] *é totalmente possível conseguir o estrelato televisivo mesmo sendo um zérruela do seu quilate (lembre-se: zérruela quilate não morde).*

O importante é perseverar, jamais desistir, ter fé. Afinal, quando você menos espera é que não acontece porra nenhuma mesmo.

Não é nada, não é nada, não é nada... Não é nada!

---

(5) Para você perceber a plenitude dessa indagação é necessário que você enuncie-a bem rápido: "E aí, você chegou na nossa com o cuzão?"

(6) Não viu? Estava de costas outra vez? Vê se perde essa mania, rapaz... coisa feia.

O primeiro passo para perder peso é assumir que está gordo.
Gordo? Quem? Eu?
Mongol

5

COMO SE DAR BEM COM O SEU CORPINHO

ATENÇÃO:
SE VOCÊ É GORDA, ADIPOSA, PELANCUDA E ANALFABETA, NÃO DEVER LER ESTE ARTIGO.

COMO PERDI 20 KG DE ALCATRA EM UMA SEMANA COMENDO TUDO QUE EU GOSTO COM DOIS OVOS EM CIMA!

Desde pequena comecei a observar que todas as mulheres da minha família tinham uma tendência a abrir crediário na Só Fofa's. Jamais esquecerei daquela noite de Natal, quando todos os meus familiares sentaram-se em volta da grande mesa da sala e o chão afundou. Lembro-me como se fosse hoje das palavras proféticas que saíam da boca da minha avó junto com pedaços de peru, rabanada, jaca e vatapá recheado com polenta: "Passa o *ketchup*!"

E, de fato, quando vovó morreu, herdei dela um baú com todas as suas pelancas. Na época, tinha 15 anos. Naquele tempo, o meu grande sonho era ser igual às outras mocinhas da minha idade e poder comer 25 bananas-splits sem mastigar. Para piorar a situação, minha tia morreu de um ataque de apoplexia durante uma feijoada e me deixou mais de 50kg de estrias no testamento. Desesperada, comecei a desconfiar que minha semelhança com o Faustão talvez fosse hereditária. Foi aí que comecei a engordar.

Tive uma adolescência muito triste. Invejava minhas amiguinhas que iam ao cinema com seus namorados comer pipoca salgada, pipoca doce e pipoca com porco acridoce. Na praia, tinha vergonha que os outros vissem minhas 17 barrigas e me cobria sempre com um encerado Locomotiva. Comecei a ter problemas em casa com meus pais que só me deixavam tomar dois galões de Leite Moça por dia. Não ia bem nos estudos, tirava notas baixas e repeti vários anos e pratos do merendão. Por causa desses problemas, fui rolando pela rua até bater no consultório de uma psicóloga que me ajudou muito, me dando umas receitas ótimas de torta de açúcar e geléia de melado. Foi aí que comecei a engordar.

EM BUSCA DO REI MOMO ENCANTADO

À medida que eu ia crescendo para os lados, foi surgindo em mim o desejo de construir um lar e ter a minha própria casa de chocolate coberta com leite condensado e caramelizado. Sonhava com o dia em que iria finalmente me casar e comer o bolo inteiro de noiva. Como estava muito difícil arranjar um marido na época, meu pai mandou importar um noivo-pirata de Taiwan para mim. Ele vivia quebrando mas cozinhava bem. Satisfazia todos os meus desejos: rabada ao Zé do Pipo, estrogonofe de dobradinha e boi ralado à Oswaldo Aranha. Entretanto, meu marido era muito machista e não permitia que eu trabalhasse fora. Concordei com ele porque, afinal de contas, eu não ia conseguir passar pela porta mesmo. No começo, ficar em casa era muito bom mas, com o tempo, fui ficando enjoada daquelas paredes de jujuba com *marshmellow* à milanesa. Para passar o tempo e ganhar um dinheirinho, comecei a fazer uns doces para dentro, mas o negócio não foi pra frente, ao contrário da minha barriga. Vivia deprimida e entediada e, para compensar a tristeza, passava o dia inteiro beliscando. Uma buchada aqui, um pernil ali, uma feijoada em lata acolá. Foi aí que comecei a engordar.

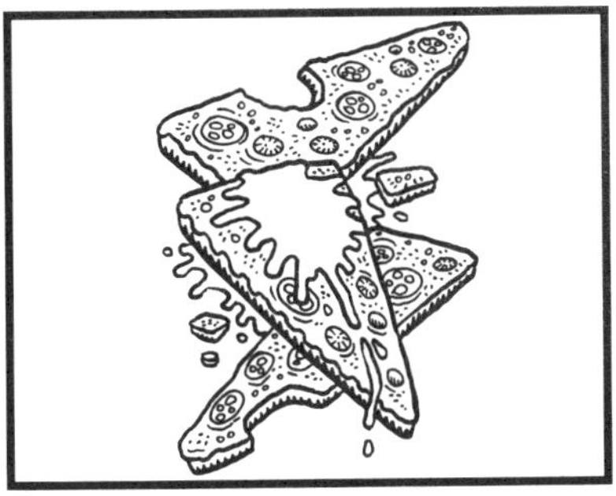

GORDURA DE PORCO NÃO É FORMOSURA

Minha calça Lee não cabia mais no meu braço. Tive que usar as cortinas da sala para fazer um tomara-que-caia. Sentia-me horrorosa, olhava pra baixo e não conseguia ver o chão. Era uma mulher jovem e, no entanto, quando me olhava no espelho, o que via era apenas 5% do meu perímetro. Meu marido, que gostava de se afogar nas minhas carnes, já não se interessava por mim. De noite, quando íamos dormir, ele virava de costas e caía da cama. Sentia saudades do tempo em que fazíamos amor. Eu ficava por cima dele e gritava "Mexe! Mexe!" e ele me respondia extasiado: "Só se for com os olhos!" Foi aí que comecei a engordar.

UM MUNDO NOVO SE ABRIA DIANTE DE MINHA BOCA

Como todo mundo, sou analfabeta e nunca tinha ouvido falar de regime para emagrecer. Mas um dia, uma amiga minha que tinha esquecido os óculos em casa pediu para uma outra amiga ler numa revista alguns depoimentos de mulheres da minha idade e com o meu corpinho que haviam conseguido perder 10 a 15kg de documentos num táxi em apenas uma semana, sem esforço, sem remédio, sem ginástica, sem Roto-Rooter e continuando a comer macarrão no café-da-manhã. Ao ouvir aquelas histórias fascinantes, pensei imediatamente em pedir esse método pelo Correio e uma pizza gigante de calabresa com catupiry e doce de leite pelo telefone. Foi aí que comecei a engordar.

EM UM DIA PERDI UM QUILÔMETRO!

Quando o método chegou pelo Correio, fiquei tão feliz, que abri um engradado de Nutella para comemorar. O método era muito bem-feito, simples, claro, simpático e tinha um cheirinho gostoso de framboesa. Foi então que aconteceu uma coisa inacreditável: um minuto depois de ter comido o livreto, perdi 1kg de feijão uberabinha que havia tomado no lanche. Era incrível! Entusiasmada com a eficiência deste regime revolucionário, pedi pelo Correio mais vinte métodos com dois ovos em cima. Foi aí que comecei a engordar.

DE REPENTE, AQUELAS GORDURONAS INDESEJÁVEIS SUMIRAM!

Jurei para mim mesma que começaria a dieta na segunda-feira e, enquanto meus novos métodos com pedaços de rapadura não chegavam, aproveitei o fim de semana para estocar comida dentro do colchão. O método dizia que os fins de semana eram os períodos mais perigosos para a engorda porque em geral as pessoas se descontrolam e colocam açúcar na buchada em vez de usar adoçante. Devido aos sacrifícios que fiz no sábado e no domingo, tentando me livrar das correntes e cadeados, acordei na segunda-feira com a cachorra e devorei um balde de Bonzo. Foi aí que o meu cachorro começou a emagrecer.

VOCÊS VÃO TER QUE ME ENGOLIR!

Em um mês, graças a este método milagroso e a 2.000 tabletes de Caldo de Torresmo, meu corpo ficou no ponto que eu queria! Os topógrafos me diziam que minhas dimensões estavam bem proporcionadas. Nunca mais fiquei deprimida e a taxa de glicose do meu moral aumentava a cada dia. Me sentia sempre bem-disposta a encarar um prato de lasanha com farofa de Nhá Benta. E até entre mim e meu marido voltou a brilhar aquela velha chama que eu imediatamente usei para esquentar o empadão de nhoque com goiabada que sobrou do jantar.

ESTE CUPOM NÃO DEVE SER QUEBRADO

BUSSUNDA NÃO ENVIOU O CUPOM E DOIS DIAS DEPOIS TROPEÇOU E CAIU NO CALDEIRÃO FERVENTE DE FEIJOADA DO AMARAL.

Envie hoje mesmo o seu cupom para a V.P.R. (Vigilantes Rodoviários do Peso e Seu Fiel Companheiro Dumbo)

Av. Presidente Camisaria Varca, 300 kg, fundos.

Nome:______________________________

Apelido:
( ) Pudim de Banha ( ) Rolha de Vulcão ( ) Jóquei de Elefante

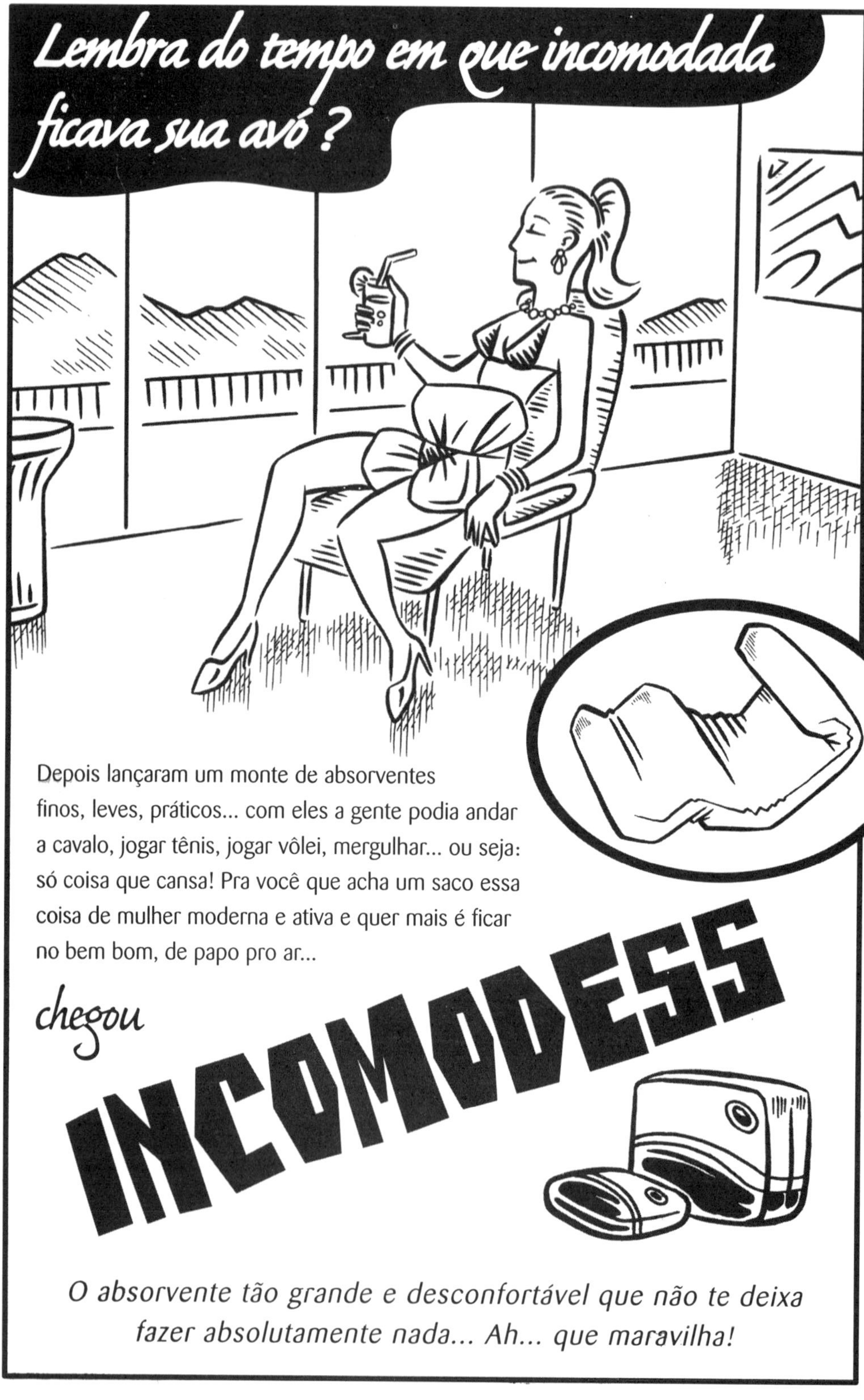

Lembra do tempo em que incomodada ficava sua avó?
Depois lançaram um monte de absorventes finos, leves, práticos... com eles a gente podia andar a cavalo, jogar tênis, jogar vôlei, mergulhar... ou seja: só coisa que cansa! Pra você que acha um saco essa coisa de mulher moderna e ativa e quer mais é ficar no bem bom, de papo pro ar...
chegou
INCOMODESS
O absorvente tão grande e desconfortável que não te deixa fazer absolutamente nada... Ah... que maravilha!

INCOMODESS

mais um produto das

ORGANIZAÇÕES TABAJARA

Pai, hoje é sexta-feira. Me empresta a chave do carro?
Não!
Mongol

6

COMO SE DAR BEM COM A FAMÍLIA

MEU FILHO, MEU TESOURO

Todo pai quer que seu filho se dê bem na vida, mesmo sendo ele um merda. Aliás, a maioria dos exemplares deste livro foi comprada por pais que presentearam seus filhos com a intenção de encaminhá-los corretamente. Chega a ser engraçado quando vemos pais nervosos, preocupados com seus filhos, querendo saber o que eles vão ser quando crescerem. Só os pais acham que seus filhos serão diferentes. Não acreditam que Deus, em sua onipresença e onisciência, já traçou o destino de seus pimpolhos. É inevitável, todo mundo já sabe o que os filhos vão ser na vida, só os pais ainda duvidam.

Todo mundo sabe que o filho de um ator também vai ser ator e vai dar entrevistas, dizendo que virou ator porque "pintou" e que não acha que seu sucesso se deve ao sobrenome do pai.

Todo mundo sabe que um operário vai ter no mínimo seis filhos, dos quais três seguirão a carreira do pai, a filha vai ser professora primária, um vai ser sargento da Aeronáutica e o caçula, vai nascer com a língua presa e será líder sindical.

Já o rico industrial terá quatro filhos, pois quem liga pra controle de natalidade é classe média. O milionário terá sempre dois filhos e duas filhas. O primogênito, que o pai espera que seja seu sucessor, vai ser boiola. A filha mais velha vai escan-

dalizar a família com seus cinco casamentos. Mas escandalosa mesmo será a fortuna que a menina ganhará com a soma das pensões de cada um dos seus cinco ex-maridos. O segundo filho do industrial terá jeito pra negócios, mas, orgulhoso, vai fazer seu próprio patrimônio, abrindo uma concessionária de cocaína. A filha mais nova vai casar com um garotão meio idiota, mas não tem jeito, ele é que será o sucessor do império do rico industrial.

O coronel do Exército terá sempre um casal de filhos. O garoto vai cursar o Colégio Militar e aos 16 anos iniciará sua carreira de ladrão de toca-fitas na Tijuca. A filha vai ter um lindo casamento com um garboso capitão aos 15 anos. Mas vai dar muito pro garboso major, que, sob os risos contidos de toda a tropa, achará que só ele come a menina.

Não adianta, Deus tá de olho em todo mundo. E não há o que reclamar, o destino é inexorável. Tudo já está traçado. Já está escrito que...

...Os filhos dos comerciantes vão herdar dos pais a loja, a freguesia, os fornecedores, a filha do gerente e a dívida com o INSS.

...Os filhos dos traficantes vão herdar dos pais o ponto, a freguesia, os fornecedores, a filha do gerente da boca e a dívida com o delegado da 15ª DP.

...Os filhos dos cineastas farão curtas-metragens criticando a globalização, depois vão morar em Londres. Na volta, descolarão patrocínio da Petrobras para fazer filmes piores que os do papai.

...Os filhos dos *rappers* terão nomes estranhos e por isso vão acabar revoltados e abalados psicologicamente.

...Os filhos dos psicólogos serão *rappers* que darão nomes estranhos aos filhos e vão ser revoltados até venderem um milhão de cópias.

...Os filhos dos craques de futebol serão reservas do Trabzonspor, da Turquia, que prometem.

...Os filhos dos deputados nordestinos serão deputados nordestinos e pastarão no curral eleitoral do papai.

...As filhas dos locadores do seu apartamento casarão quando o aluguel estiver baratinho e vão despejá-lo do seu apartamento.

...Os filhos dos petistas não se chamarão Dirceu e demorarão 40 anos para assumir o homossexualismo e o neoliberalismo enrustido.

...Os filhos dos crentes serão crentes e também os netos e os bisnetos.

...Os filhos dos vegetarianos só descobrirão as maravilhas do mundo do *cheeseburger* aos 17 anos e a partir de então nunca mais sairão do McDonald's.

...As filhas do seu patrão darão pra todo mundo ao completar 16 anos, menos pra você.

...Os filhos do seu patrão serão seus patrões e vão te demitir por se recusar a comer a irmãzinha deles, hoje uma mocréia de 45 anos e 130 quilos.

...Os filhos dos ecologistas vão se engraçar com uma indiazinha muito bonitinha do Alto Xingu e vão acabar ficando por lá mesmo, onde fundarão uma ONG e abrirão uma madeireira.

...Os filhos dos nisseis serão aqueles japas safados que passarão na frente dos seus filhos no vestibular.

...Os filhos das operadoras de *telemarketing* vão estar sendo músicos e vão estar compondo aquelas musiquinhas insuportáveis que vão estar tocando no seu telefone.

...Os seus filhos serão estranhamente parecidos com os vizinhos do 402.

...E os filhos-da-puta continuarão sendo juízes de futebol.

Você é responsável direto pela educação de seus filhos. Portanto, deve evitar dar uma visão preconceituosa do mundo para ele. Veja a seguir um exemplo de como uma historinha clássica deve ser contada a seus filhos para que eles não cresçam com uma visão politicamente incorreta da vida.

CHAPEUZINHO VERMELHO

Era uma vez uma menina que era contra a globalização imperialista e americanóide que explora os pobres e ignorantes, e então, para demonstrar em que lado estava, ela usava um chapeuzinho vermelho. Um dia, indignada com a programação televisiva alienante que a obrigavam a assistir, Chapeuzinho Vermelho resolveu sair pelo bosque para preservar algumas espécies de plantas em extinção e aproveitou para visitar sua avozinha. Chapeuzinho ficava revoltada com o tratamento dedicado a pessoas idosas como sua avó, obrigada a morar no bosque, exposta a sabe lá quais riscos. A menina considerava desde já a possibilidade de conquistar sua independência financeira e poder morar em sua própria casa, onde além de abrigar sua avó, teria a liberdade de transar com o seu namoradinho ou fumar o que quisesse sem a intromissão castradora e preconceituosa de seus pais.

Ao chegar na casa de sua avó, Chapeuzinho a encontrou deitada na cama com uma cara esquisita... O que Chapeuzinho não sabia era que o lobo mau havia entrado na casa da avozinha. Se soubesse, teria se indignado com esse rótulo de "mau", apenas mais uma demonstração do maniqueísmo típico da sociedade judaico-cristã. Ora, um lobo não é mau nem bom. Um lobo é um lobo e pronto.

Chapeuzinho se aproximou da cama e perguntou:

– Vozinha, apesar de não ser, em princípio, contra a utilização de drogas de qualquer espécie, pois considero que cada um é responsável pelos seus atos, eu tenho que lhe perguntar: pra que esse nariz tão grande?

– É pra te cheirar, minha netinha – respondeu prontamente o lobo mau.

– Vozinha, apesar de achar que cada um pode e deve falar o que quiser e comer o que lhe aprouver, eu tenho que lhe perguntar: pra que uma boca tão grande?

– É pra te comer, minha filha! – falou o lobo com voz grossa, levantando-se e mostrando sua verdadeira face.

Mesmo espantada com a revelação, Chapeuzinho conseguiu argumentar:

– Se você fala "comer" no sentido de realizar seus desejos sexuais reprimidos, considero sua forma de abordagem muito grosseira. Agora, se você se refere ao ato de se alimentar da minha pessoa para suprir sua fome, compreendo, pois todos os animais carnívoros têm que se alimentar de carne, ainda que seja humana. Mas infelizmente, não vou poder saciar sua necessidade, pois meu instinto de sobrevivência me obriga a fugir.

Nesse instante, Chapeuzinho corre, tentando se livrar do lobo, que vem ao seu encalço. Até que surge um caçador para acudir a menina e mata o lobo. Chapeuzinho fica revoltada!

– Seu caçador sem escrúpulos! Você, sob o pretexto de me defender, assassinou um inocente animal, contribuindo para extinguir mais uma espécie da nossa fauna já tão espoliada pelo homem. Vou denunciá-lo ao Ibama.

E assim, o caçador foi condenado à prisão por crime ecológico e ninguém foi feliz para sempre...

PIADAS PARA SE DAR BEM NUMA FESTA INFANTIL

Qual é a diferença entre o Michael Jackson e a acne?

A acne normalmente não ataca a criança até ela completar 13 anos.

O que Michael Jackson e Sadam Hussein têm em comum?

Os dois foram pegos em um pequeno buraco.

Mamãe, mamãe... por que estamos empurrando o carro até o precipício?

– Fique quieto senão vai acordar seu pai...

– Mamãe, mamãe... o que é um orgasmo?

– Não sei, querido, pergunte pro seu pai.

– Mamãe, mamãe... a privada dá voltas?

– Não, filhinho.

– Ih! Então caguei na máquina de lavar roupas.

– Mamãe, mamãe... na escola me chamaram de mafioso.

– Amanhã mesmo vou resolver isso, meu filho...

– Bem... mas faça tudo parecer um acidente, mamãe...

– Mamãe, mamãe... uma menina de oito anos pode engravidar???

– Ai... claro que não....

– Yupi...Yupiii...

– Mamãe, mamãe... deixei as drogas...

– Graças a Deus!

– Sim... mas não me lembro onde.

– Mamãe, mamãe... por que que a noiva está vestida de branco?

– Porque é o momento mais feliz de sua vida.

– Ah... e por que o noivo está vestido de preto?

– Cala a boca!

– Mamãe, mamãe... Se Deus nos dá o que comer... a cegonha traz os bebês... e Papai Noel os presentes no Natal... posso saber para que serve o papai?

TESTE:

Como se dar bem com os seus pais

É claro que você sabe muito bem o que fazer para se dar bem com seus pais. Basta estudar pra cacete, ser obediente e comer legumes. Assim é moleza, né? Mas se você está lendo este livro é porque quer descobrir como enrolar os trouxas sem fazer nada disso e ainda assim continuar sendo o queridinho do papai e da mamãe. Faça o teste e veja se você está pronto para atingir seu objetivo.

1- Você recebeu o boletim com notas mais vermelhas que turista europeu no verão do Rio. Ao chegar em casa, você:

A – Diz que tá vermelho porque caiu *ketchup* em cima.

B – Mostra o boletim e diz que "não fui só eu, geral lá na turma se ferrou".

C – Mostra o boletim e diz que fez um crediário com a professora e que ela está parcelando suas notas.

D – Mostra o boletim e diz que é do seu irmão caçula.

E – Mostra o boletim e pede um aumento de mesada.

2– Você quer acampar no feriado com seu namorado surfista. Aí você:

A – Fala pra sua mãe que vai passar uns dias na casa da sua amiga estudando para o vestibular.

B – Inventa que vai ficar uns dias num retiro de freiras em Búzios.

C – Diz que um surfista da sua turma perdeu a matéria da prova, você ficou com pena e vai dar pra ele.

D – Diz que não vai ficar no acampamento, só vai ajudar o garotão a armar a barraca.

E – Diz que vai acampar com seu namorado surfista e pede um aumento de mesada.

3– Você pegou o carro do seu pai escondido pra ir pra balada, vacilou e enfiou o carro num poste. Aí você:

A – Bota o carro todo amassado na garagem e quando ele descobrir, você põe a culpa na empregada.

B – Diz que estava dirigindo devagar quando um poste bêbado veio a toda na contramão.

C – Diz que você não pagou o flanelinha e ele amassou toda a lataria.

D – Liga pro seu pai e pergunta se ele está em dia com o seguro.

E – Diz pro seu pai que se distraiu quando sua namorada lhe pagava um boquete e pede um aumento de mesada.

4– Seus pais viajaram, você aproveitou pra transar com a namorada na cama deles, mas ela era virgem. Aí você:

A – Diz que foi baleado num assalto, chegou sangrando em casa e foi dormir.

B – Diz que estava vendo tevê no quarto deles quando foi esfaqueado pela empregada.

C – Diz que foi milagre: você botou a imagem da Nossa Senhora sobre a cama para rezar e ela menstruou.

D – Diz que você dormia no seu quarto, enquanto sua namorada virgem te traía com o Rex, o cãozinho dinamarquês.

E – Diz que tava sem grana pro motel e pede um aumento de mesada.

5– Seus pais não aceitam que você vá morar com o seu namorado Robson Demente, o chefe do tráfico no Complexo do Alemão. Aí você:

A – Diz que mesmo morando com um traficante vai continuar freqüentando a escola e o *shopping*.

B – Diz que tá indo morar na casa da empregada pra sentir como a vida dela é barra.

C – Pede pra eles assistirem ao Linha Direta pra conhecer melhor o seu namorado.

D – Explica que seu namorado não gosta de ser contrariado.

E – Vai morar no morro com o traficante e pede um aumento de mesada.

RESULTADO DO TESTE - PONTUAÇÃO:

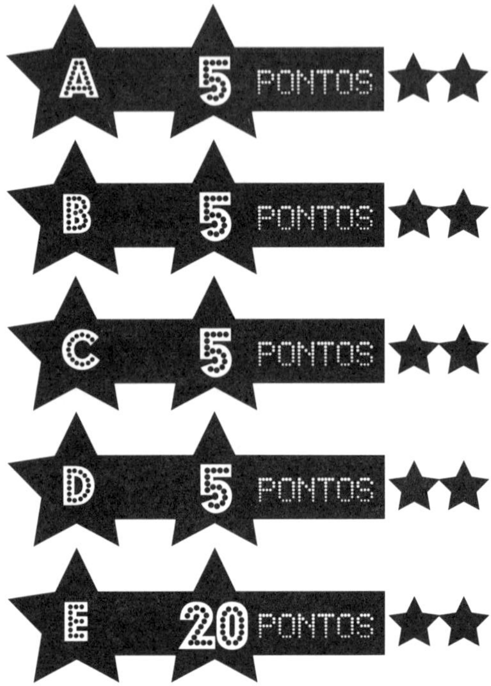

0 a 25 – Você precisa melhorar. Desse jeito você não engana ninguém. Pra se dar bem com seus pais, vai ter que estudar.

26 a 50 – Você se saiu razoavelmente. Já consegue driblar os coroas em quase todas, mas ainda não escapa de encarar um bife de fígado com quiabo no almoço.

51 a 100 – Parabéns! Você sabe exatamente como se dar bem com os pais: basta pedir um aumento de mesada sempre que tiver chance. Vai que rola, né?

PIADAS PARA SE DAR BEM COM A VOVÓ E O VOVÔ

A velhinha com mais de 80 anos, mas toda elétrica, entra na farmácia:

– Vocês têm analgésicos?

– Temos sim senhora.

– Vocês têm remédio contra reumatismo?

– Temos sim senhora.

– Vocês têm Viagra?

– Temos sim senhora.

– Vocês têm pomada anti-ruga?

– Temos sim senhora.

– Vocês têm gel para hemorróidas?

– Temos sim senhora.

– Vocês têm bicarbonato?

– Temos sim senhora.

– Vocês têm antidepressivos?

- Temos sim senhora.

- Vocês têm soníferos?

- Temos sim senhora.

- Vocês têm remédio para a memória?

- Temos sim senhora.

- Vocês têm fraldas para adultos?

- Temos sim senhoooooora.

- Vocês têm...

- Minha senhora! Aqui é uma farmácia, nós temos tudo isso. Qual é o seu problema?

- É que vou casar com meu noivo, de 95 anos, no fim do mês. E nós gostaríamos de saber se podemos deixar nossa lista de casamento aqui com vocês.

•••

O médico atende a um velhinho milionário que tinha começado a usar um revolucionário aparelho de audição:

- E aí, seu Almeida, está gostando do aparelho?

- É muito bom.

- Sua família gostou?

- Ainda não contei para ninguém, mas já mudei meu testamento três vezes.

•••

Um velho de 86 anos entrou na sala de espera superlotada de um consultório. Quando se aproximou da mesa de recepção, a mocinha perguntou:

– Bom-dia, senhor, o que há de errado com sua saúde?

– Bem, eu estou com um problema com o meu pênis – ele respondeu.

A recepcionista se irritou:

– O senhor não devia dizer uma coisa dessa numa sala de espera tão cheia!

– Por que não? Você me perguntou o que havia de errado e eu simplesmente lhe respondi!

– Mas desse jeito o senhor causa embaraço aos presentes! O senhor devia ter dito que está com um problema no nariz ou na orelha, ou qualquer coisa assim, e depois explicar para o doutor lá dentro do consultório, entendeu?

O homem retirou-se da sala, esperou alguns minutos e depois entrou novamente. A recepcionista sorriu e perguntou:

– Bom-dia, senhor, o que há de errado com sua saúde?

– Estou com um problema com o meu nariz.

A recepcionista fez um aceno de aprovação e sorriu triunfante, saboreando o momento.

– E o que está errado com seu nariz, senhor?

– Toda vez que eu mijo, ele dói pra cacete!

•••

A avó pergunta à neta:

– Aninha, como é mesmo o nome daquele alemão que me deixa louca?

– Alzheimer, vovó.

Um velhinho de 75 anos, voltando da viagem de lua-de-mel, encontra um amigo que lhe pergunta:

– Então, como foi a lua-de-mel?

– Ótima! – responde o velhinho.

O amigo insiste:

– E o sexo, como foi?

– Fizemos quase todos os dias!

– Como assim, quase todos os dias?

– É isso mesmo: quase fizemos na segunda, quase fizemos na terça, quase fizemos na quarta...

•••

Uma senhora entra em uma concessionária Mercedes. Ela vê um Mercedes maravilhoso, acha o carro perfeito e começa a examiná-lo. Ao inclinar-se para ver se tinha revestimento de couro, deixa escapar um sonoro peido. Muito envergonhada, ela olha em volta para ver se alguém notou o pequeno incidente, esperando que nenhum vendedor aparecesse naquele momento. Porém, ao virar-se, dá de cara com um vendedor que já estava atrás dela.

– Bom-dia, senhora. Posso ajudá-la?

Muito sem graça, ela pergunta:

– Por favor, qual o preço deste adorável veículo?

O vendedor responde:

– A senhora me desculpe a sinceridade, mas se a senhora já peidou só de olhar pra ele, quando souber o preço, vai se cagar toda!

Aprenda cantadas infalíveis.
O que uma garota como você está fazendo num lugar como este?
SEX SHOP
Mongol

7

COMO SE DAR BEM NO SEXO

Para se dar bem no sexo é preciso estar por dentro. E para conseguir finalmente estar por dentro de alguém, é sempre bom estar ligado nas

ÚLTIMAS NOVIDADES EM MATÉRIA DE SEXO

Novas doenças sexuais

EJACULAÇÃO ATRASADA

Assim como a ejaculação precoce, esta doença obriga o paciente a ter um enorme sortimento de cuecas limpas em casa. Por uma disfunção qualquer no aparelho fodedor, o ejaculador atrasado costuma emitir seu líquido seminal cerca de 8 a 12 horas depois de atingir o orgasmo. Funciona como um cartão de crédito: você compra agora mas só paga depois.

Essa disfunção traz graves percalços para quem a adquire. Imagine o cara no meio de uma reunião importante da firma e de repente, pimba, desce aquele mel cueca abaixo? O cara está muito bem conversando com a avó e pimba! O sujeito está lá, no vestiário masculino, depois da pelada e tchum! Vai explicar? Que porra é essa?

Os maiores especialistas em medicina ainda não conseguem dizer nada sobre essa estranha doença, a não ser que é nojenta! A única atitude recomendada, para que o ejaculador atrasado possa viver sem ficar todo melado o tempo todo, é que ele pare de usar o bilau. Ou que o use só pra fazer xixi.

MASTURBAÇÃO PRECOCE

Atingindo mais comumente adolescentes, o descabelamento prematuro do palhaço ou onanismo antecipado ou bronha apressadinha, é de difícil diagnóstico, pois seus principais sintomas se confundem com os do punheteiro compulsivo comum, tais como cabelos nas mãos, olheiras, espinhas, peito empedrado etc...

Também se costuma confundir masturbador precoce com o ejaculador precoce. A ejaculação precoce, mal que mela, emporcalha e preocupa milhares de pessoas, ocorre quando o sujeito se esporra todo apenas ao ver que a moça deu bola, sem a utilização das mãos ou qualquer outro tipo de instrumento. O masturbador precoce, ao sentir que a moça caiu no seu papo, corre ao banheiro e usa de suas mãos, na prática da malfadada covardia, do popular cinco contra um, da punheta, bronha ou coisa que o valha, com a ajuda de cuspe, sabão, xampu ou qualquer outra porra que o ajude a produzir porra.

Na literatura médica, costuma-se dizer que o masturbador precoce parece que quer tirar o pau da forca, mas, além de piadinhas como essa, poucas linhas têm sido dedicadas a essa terrível doença.

Remédios antibroxantes para paumolescência

Os remédios antibroxantes são a sensação do momento. Isso porque o melhor momento para um broxa é quando ele tem a sensação de ter um pau duro de novo! Mas o grande problema dos remédios antibroxantes é que os consumidores querem logo sair mandando ver e não perdem um segundo sequer lendo as instruções dos fabricantes. Nenhum broxa nunca leu a bula de um remédio antibroxante! E os riscos? "Risco é o caralho!" é o que dizem os broxas. Justamente!

Manual de instruções do usuário de remédios antibroxantes

Você acaba de adquirir um remédio antibroxante, seu broxa!
Antes de usar, leia e pratique o manual.

Avisos de segurança

1) Esse remédio demora uma hora para fazer efeito, portanto procure tomá-lo uma hora antes de encontrar sua parceira, caso contrário, existe o risco de ter que conversar ou discutir a relação durante esse período.
2) Se sentir cheiro de queimado, desconecte imediatamente o aparelho.
3) Após ingerir o remédio, não se recomenda freqüentar nem por engano vestiários masculinos, ônibus lotados, celas de cadeia ou o Maracanã, no meio da torcida Fla-porrada.
4) Se encostar esse negócio em mim, entra na porrada!

Como ter certeza de que o remédio está funcionando?

Vá até o fogão e acenda o fogo para preparar um cafezinho. Queimou o pau? Sim? Então está funcionando.

Como desligar

Tente lembrar da escalação do Vasco de 1953, se ainda assim não conseguir desligar:
1) Imagine-se numa suruba sendo enrabado por um negão.
2) Se mesmo assim não desligou, não enche o saco, ô boiola!

O que fazer se você tomou o remédio e a mulher não apareceu?

1) Leia um livro sem segurá-lo com as mãos.
2) Use o seu instrumento como varal para secar as cuecas.
3) Use o seu instrumento como pilão para fazer uma caipirinha
4) Pendure uma bandeira do Brasil e exiba o seu patriotismo
5) Se persistir a vontade de fazer sexo, faça contorcionismo e foda-se!

Atenção

Antes de enfiar na tomada,
verifique se a voltagem
do seu pau é de
110 ou 220 centímetros.

SEXO: UMA ABORDAGEM MATEMÁTICA

O custo fodal unitário

Prof. Fulvio Jimenez y Robladez

Quem é namorado, noivo, casado, amigado, ou amasiado tem algo em comum (além do fato de todos serem cornos, é claro). Todo relacionamento fixo e estável que um homem mantém com uma criatura fixa do sexo feminino, criatura esta que lhe desperte o desejo sexual permanente e continuado, acarreta obrigatoriamente aquilo que os economistas chamam de Custo Fodal Unitário.

O Custo Fodal Unitário é definido pelo montante de recursos financeiros gasto com uma criatura (RFGC), dividido pelo número de fodas auferidas sobre e dentro desta mesma criatura dado um intervalo definido de tempo T.

CFU = RFGC / T

Como custo fodal definimos todas as despesas realizadas com o objetivo fodal, independentemente do tipo ou duração de um relacionamento. Tudo o que foi gasto, de forma direta ou indireta, desde o ingresso do cinema, da pipoca, da *pizza*, do chope depois do cinema, prosseguindo pelas flores, pelos presentinhos, pelas despesas de transporte e alojamento, métodos de contracepção e indo em frente numa espiral inflacionária infinita e perversa, verdadeira cornucópia, entrando pelo casamento adentro, incluindo as festas, lua-de-mel, jantares e continuando ainda anos a fio com cabeleireiro, depilação, massagem, ginástica, butique, shopping, jóias etc... Despesas estas que, inclusive, colaboram para a continuidade do interesse fodal. Enfim, todas as despesas para que aquela(s) foda(s) prossiga(m) ao longo do tempo até um eventual divórcio.

O somatório total de todos estes itens, inclusive aqueles decorrentes da separação (advogados, indenizações pecuniárias e pensão alimentícia), definirá o montante final de uma seqüência de fodas, muito embora, em alguns casos dramáticos, todos estes itens somados impliquem a consumação de uma única e exclusiva conjunção fodal.

Assim sendo, o cálculo permanente e atualizado do Custo Fodal Unitário pode ser um instrumento poderoso na avaliação da relação custo-beneficio de um enlace fodal, podendo, através deste tipo de análise, o indivíduo concluir que sustentar um casamento (ou qualquer outra forma de relacionamento) com uma criatura dispendiosa e gastadeira, por mais gostosa que seja, não compensa pelo pequeno número de fodas proporcionadas.

Vale acrescentar que uma boa foda também se compõe de variáveis intangíveis, não mensuráveis e subjetivas, preferências de caráter pessoal e intransferível, como uma boa mamada, um sessenta e nove caprichado, um anal favorecido, uma espanhola e outras sacanagens e putarias de grosso calibre, que também compõem uma foda e por si só justificam e podem interferir no dispêndio total com despesas fodais.

Contudo, para efeito de cálculo e como uma boa aproximação matemática, utilizei no meu modelo econométrico uma foda-padrão simplificada composta de preliminares, penetração no estilo papai-e-mamãe e conseqüente ejaculação.

GRÁFICO 1

Curvas de custo fodal:

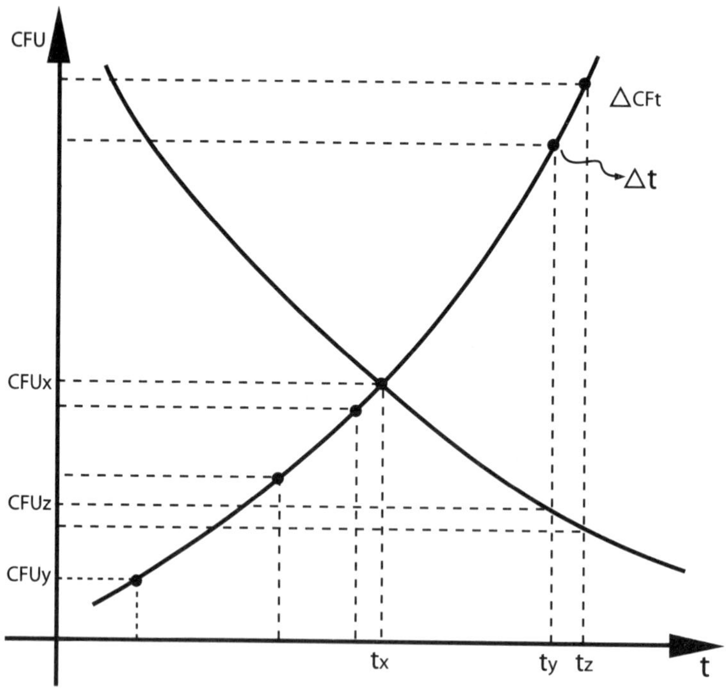

P = PMF = PONTO DE MÍNIMO FODAL

Para facilitar uma compreensão mais clara destes cálculos, lançarei mão de um caso prático e de domínio público: o súbito e efêmero casamento de um fenomenal craque de futebol com uma bela modelo e apresentadora conhecida por sua enorme boca.

Como é de conhecimento geral, o tal craque contraiu justas núpcias com a modelo e apresentadora num castelo da França e, poucos meses após as bodas, romperam o relacionamento de forma inesperada e abrupta. Na oportunidade da separação, comentou-se à boca pequena que o ex-marido, a título de destrato indenizatório, pagou à ex-esposa a espantosa quantia de R$ 14,2 milhões de reais!

Isto posto, vamos aos cálculos do Custo Fodal Unitário, que a partir de agora trataremos por CFU. Como premissa desprezei todos os custos anteriores à indenização, ou seja, todas as despesas decorrentes do tempo em que houve a decisão da realização fodal por parte do consagrado atleta até o momento do rompimento (matrimonial, é claro). Para efeito de cálculo, considerei o início do relacionamento na primeira reportagem de *Caras* com o casal, e como fim a notícia do rompimento na revista *Chiques e Famosos*, oito meses ou 240 dias corridos depois.

Dividi então a relação em dois momentos: a fase A – Fase da Paixão, e a Fase B – Fase de Casamento propriamente dito. Explico por quê:

Como em todo relacionamento, na Fase A, dadas as circunstâncias da conquista e da novidade, observa-se uma freqüência maior de relações sexuais. Estudos estatísticos mostram que a Fase de Paixão – Fase A tem uma duração aproximada de 40% do total da duração de um relacionamento. Assim sendo, 90 dias seria o tempo total decorrido na Fase A da relação do casal.

Para esta primeira fase atribuí uma freqüência média de duas fodas por dia. No entanto, também se deve levar em consideração outros fatores como:

- a distância geográfica que separava o casal
- períodos menstruais;
- concentração em véspera de jogos importantes;
- outros compromissos profissionais/contratuais;
- eventuais dores de cabeça;
- a idade dos fodentes.

Todos estes fenômenos extrafoda justificam, portanto, a aplicação de um Redutor (R') ao qual arbitrei o valor de 25% das fodas totais no período.

Portanto:

Fase A: 90 dias X 2 fodas por dia = 180 fodas

Aplicando-se o redutor (R'), obtemos o total de fodas na fase A.

Fodas na Fase A: 180 X 1 – R' = 180 X 0,75 = 135 fodas

Para a Fase B, restam, portanto, 150 dias, ou seja:

Fase B = 240 – 90 = 150

Para o entendimento da Fase B, recomendo a análise do gráfico 1. Neste gráfico, pode-se verificar que, ao longo de um relacionamento, a freqüência média de fodas decresce ao longo do tempo. Observações de campo e vasta literatura específica demonstram esta tendência em todos os casais. O grau de inclinação desta curva (CF) determina o desgaste de um relacionamento até o ponto de mínimo P. Este ponto P determina, portanto, o PMF, Ponto de Mínimo Fodal, quer dizer, por mais que se gaste com a criatura, a quantidade média de fodas praticamente não se modifica. O ponto P indica, portanto, o ponto tecnicamente recomendável para troca de foda, ou seja, a troca de mulher.

Embasado por este raciocínio singelo, estimei para a Fase B do relacionamento do casal um outro redutor R" com valor de 50%.

Fodas na Fase B: 150 dias x (1 – R") = 150 X 0,50 = 75 fodas

Portanto, o Total de Fodas (TF) é igual ao Total de Fodas na Fase A (TFA) mais o Total de Fodas na Fase B (TFB), ou melhor,

TF = TFA + TFB quer seja, TF = 135 + 75 = 210 fodas.

Ora, considerando o valor pago de R$ 14,2 milhões de reais a título de *love letter* no destrato matrimonial, temos o CFU do fenomenal craque de bola para a modelo bocuda:

R$ 14.200.000,00 dividido por 210 fodas temos o CFU de R$ 67.620,00 por foda! C.Q.D.

Ou seja, por foda o jogador gastou a incrível quantia de R$ 67.620,00! Se o craque trocasse cada foda com a famosa modelo barraqueira por um automóvel modelo luxo, isso possibilitaria a formação de uma eficiente frota de radiotáxis de aeroporto. A operação desta frota de táxis contribuiria, certamente, para um incremento do PIB, Produto Interno Bruto brasileiro, mesmo que de forma marginal. O cálculo da influência das fodas do casal na economia brasileira será objeto de cálculo que pretendo apresentar posteriormente.

Tendo acompanhado estes cálculos triviais e o meu raciocínio lógico, o caro leitor poderá agora calcular o seu CFU pessoal e assim verificar a atual relação custo-benefício que obtém no seu relacionamento fodal presente.

Boa Sorte!

COISAS QUE NÓS JÁ COMEMOS

Até bostas como você podem ter uma vida sexual mais saudável. Como exemplo e incentivo, os integrantes do Casseta & Planeta abrem o jogo e revelam detalhes íntimos de suas vidas sexuais em primeiríssima mão...

Gostosa!
Isso lá em casa foram
três dias de feriado!

A minha religião não
permite, mas ele
prometeu se converter.

Difícil foi ensinar
o meu bilau a cuspir
o caroço.

Assim como eu,
ela era louca
por *jazz*.

Fiquei com ela
até ela
me chifrar!

Faço tudo pra ela!
São mais de mil reais por
mês em alisamento japonês.

Marquei de comer
ela no sábado,
mas ela furou!

Tenha autoconfiança.
Mas respeite seus adversários.
Mongol

8

COMO SE DAR BEM NOS ESPORTES

Tudo bem que você não é bom nos esportes, é um pereba no futebol, um maneta no vôlei, um anão no basquete, um saco de pancadas no boxe. Enfim, você é um atleta de merda! Quer dizer, até que na natação você nem é tão merda, porque merda bóia e você afunda!

Mas correr todo mundo sabe! Na corrida você não tem desculpas! Então que tal dar a volta por cima em matéria de esportes e aceitar um desafio?

Que tal correr a maratona?

Agora correr a maratona é mole! É só seguir o nosso:

PROGRAMA DE TREINAMENTO PARA CORRER A MARATONA

Comece devagar

Para começar, propomos um exercício bem fácil que pode ser feito na sua própria casa. É simples: levante três a quatro vezes durante a noite e faça o caminho da sua cama até a geladeira. Em cada repetição de exercício pegue uma fatia grande de pudim de leite na geladeira, como incentivo.

Andar é importante

Pessoas sedentárias e preguiçosas como você não podem logo começar correndo, isso pode ser muito perigoso para os seus músculos e principalmente cansa muito. Por isso é importante começar andando. De táxi, de preferência. Quando o exercício com o táxi começar a ficar muito caro, tome uma atitude, peça o carro do cunhado emprestado.

Comprar um tênis adequado é fundamental

Você pode até não completar a maratona, mas todo mundo vai dizer – Olha que sapato maneiro aquele gordo tá usando!

Crie uma rotina de treinamento

Depois que você bolar como será o seu dia-a-dia de treinos é fundamental criar, também, uma rotina de desculpas para não treinar. Algumas sugestões:

– Oh, que pena, está chovendo!

– Puxa vida, parece que vai chover!

– Tem uma nuvem no céu, deve chover.

– O tempo está aberto, faz sol, não tem nenhuma nuvem no céu, mas a meteorologia disse que uma frente fria pode chegar nas próximas 48 horas. Vai que chega quando eu estiver correndo!

– Tá sol, mas tá quente demais, não dá pra correr com um calor desses!

– Tô gripado.

– Tô gripando.

– Tô achando que posso ficar gripado, ontem tive contato com um amigo que está supergripado há uma semana e o vírus ainda deve estar ativo nele e passou pra mim.

– Meu tênis tá molhado.

– Meu tênis tá seco. Oops! que merda, derrubei uma garrafa d'água no tênis! Que azar!

Preparo psicológico é tudo

Como todo mundo sabe, a maratona é uma prova de 42 quilômetros. Então, você tem que colocar esse número na sua cabeça. O número 42 tem que fazer parte da sua vida! Pense nesse número 42 o dia inteiro! Viva 42! Todo dia, ao acordar, dê 42 bocejos, no almoço dê 42 mastigadas a cada garfada, coma sempre 42 pedaços de *pizza*, 42 colheradas de *mousse* de chocolate, beba 42 cafezinhos durante o dia. Então comece o treinamento físico! Não interessa a intensidade do exercício, o importante é que o número 42 esteja presente. Corra 42 segundos no mesmo lugar, ou dê 42 passos por dia! Se você colocar o número 42 na sua cabeça, se o número 42 se impregnar no seu córtex cerebral, você vai ver que correr 42 quilômetros vai ser uma moleza!

Se você seguir a risca esse programa de treinamento você estará correndo os 42 quilômetros da maratona em um ano. Isso já é um começo. Os atletas médios costumam completar o circuito em quatro horas.

COMO SE DAR BEM NO FUTEBOL

O Brasil é hoje o maior exportador de jogadores de futebol do mundo. O jogador brasileiro está na moda. Até os perebas brasileiros já estão se dando bem. É só acertar um chute e bater um lateral direitinho que se consegue um contrato milionário para ir jogar no Turcomenistão ou no Arzebaijão.

E você, seu merda, tu vai ficar fora dessa, só porque tu não sabe jogar porra nenhuma?

Segundo o autor de livros de auto-ajuda, Lair Dinheiro, o sucesso de um jogador só depende dele mesmo.

"Você não é um pereba se você não se achar um pereba. Todo o problema está na sua cabeça, por isso você não consegue acertar nenhuma cabeçada. Você precisa ter mais confiança em você mesmo para fazer gols. Chute a bola numa rede várias vezes ao dia, assim você vai se acostumar com o ato de fazer gols. Se você não consegue chutar a bola na rede do adversário, comece a chutar a bola pra dentro do seu próprio gol, assim você ganha autoconfiança. Se os seus companheiros de time vierem lhe encher de porrada porque você fez gol contra, não se preocupe: a cor roxa é uma cor que traz muita sorte."

O goleiro Wellerson de Oliveira foi auto-ajudado pela auto-ajuda. Vejam seu depoimento impressionante:

"Eu era um goleiro que não agarrava nenhuma bola rasteira. Em compensação, as bolas pelo alto eu deixava passar todas e cheguei a botar pra dentro do gol bolas que iam pra fora. Um dia eu comprei o livro de auto-ajuda *Força para Frangar*, de Paulo Joelho, e minha vida mudou. Hoje sou um homem feliz. Continuo frangando por cima, por baixo, pelo lado, por trás e pela frente, mas hoje eu posso dizer que nada disso é em vão. Hoje eu sou um homem que tem uma meta! Inclusive, atualmente ela é a mais vazada do campeonato."

Não perca mais tempo, se você é um jogador de futebol de merda, preencha um cheque de R$1.000 e deposite em sua própria conta para já começar a se auto-ajudar. Depois compre um desses novos lançamentos de livros auto-ajudantes:

– ***A cura através da terapia das bolas passadas***

– ***Eu estou rebaixado, você está rebaixado?*** **– do mesmo autor de** ***Eu estou OK, você está OK?***

– ***Como ser feliz mesmo entregando o ouro aos 44 minutos do segundo tempo***

– ***Como ter o pensamento positivo mesmo com o saldo de gols negativo***

– ***O poder milagroso do passe certo***

– ***Só é rebaixado quem quer***

– ***Como fazer amigos, influenciar pessoas, emagrecer, ficar rico, ser feliz, ser bom pai, ser bom filho, comer todas as mulheres do mundo e ainda conseguir acertar um chute, sem fazer força***

– ***O terceiro olho, a terceira visão e a segunda divisão***

E o lançamento especial para cartolas:

– ***Como ser mau-caráter, escroto e safado sem deixar de ser gente boa***

Desenvolva a auto-estima e a autodestruição!
Ei! Posso fazer uma piadinha de auto-ajuda usando esse carro-bomba?
se não deixarem, eu explodo essa porra!
Mongol

9

COMO SE DAR BEM SOCIALMENTE

Mesmo que você seja um cocô, um merda ou um bosta n'água, se dar bem socialmente é importante. É nas festinhas e acontecimentos sociais que você pode aparecer e ser o centro das atenções. É claro que não é bom ser o centro das atenções porque você foi aquele cara que encheu a cara, deu em cima da mulher do dono da casa, vomitou no sofá, entornou champanhe no vestido Dolce e Gabana da anfitriã, quebrou o vaso chinês de um milhão de dólares do dono da festa, confundiu o quarto do bebê com o banheiro e mijou no berço do pimpolho. Não! Para se dar bem num acontecimento social é bom ter na manga algumas...

FRASES E PENSAMENTOS ENGRAÇADOS E LEVEMENTE POLÊMICOS QUE QUALQUER IMBECIL PODE USAR SOCIALMENTE E SE DAR BEM

O estrago causado por uma tsunami é, mais ou menos, como o de uma ex-mulher. Quando vai embora ela leva carro, casa, barco... e ainda acaba com as suas férias.

•••

Se, por acaso, alguma tsunami chegar ao Brasil, vai dar de cara com tanta burocracia, tanto imposto, vai ter que molhar a mão de tantos fiscais que, quando chegar na praia, ela já vai estar pequenininha.

•••

Se for dirigir, não olhe para a bunda. Se for olhar para a bunda, não dirija.

•••

Se for dirigir, não beba! Mas se for comer mocréia, encha a caveira!

•••

Na questão da obesidade, é fundamental o papel das enzimas. Porque o gordo só come bife com dois ovos enzima, sorvete com muita calda de chocolate enzima e torta cheia de creme enzima!

A dengue é que nem a sua mulher: quem não pegou ainda vai pegar.

•••

Nesses tempos de cotas raciais, é duro decidir qual é a sua cor. Se for pra descolar uma vaga na universidade, é melhor ser preto... mas se for pra ir em cana e apanhar da polícia, aí é mais jogo estar na cota dos brancos!

O ancestral mais antigo do homem foi o *homo erectus*, que durou pouco tempo na escala evolutiva. Como ele vivia *erectus*, logo foi preso por atentado ao pudor.

•••

Outro que teve rápida passagem na história da evolução, foi o *homo broxus*, que, por mais que tentasse, não conseguiu deixar descendentes.

Na hora de votar, é preciso muito cuidado. É muito comum aquele tipo de candidato que só aparece em época de eleição, tentando baratear seu voto, querendo comprá-lo por qualquer mariola. Não venda sua cidadania por tão pouco, exija, pelo menos, uma mariola e uma paçoquinha.

•••

Governar é que nem fazer cocô! Às vezes é mole, às vezes é duro, e o problema é que tem sempre alguém achando que alguma coisa tá cheirando mal...

•••

Ser presidente do Brasil é igual peito de silicone: quando o cara tá longe, fica louco pra pegar... Mas quando pega vê que a coisa é muito mais dura do que imagina...

•••

A economia do Brasil deveria se comportar como um casal da terceira idade. O dólar tinha que ser como bilau de velho, sem subir nunca. E os juros que nem peito de velha: caindo direto!

O cérebro do homem é dividido em quatro partes. O lobo frontal só pensa em futebol! O cerebelo só pensa em cachaça. Mas a maior parte do cérebro, formada pelos hemisférios esquerdo e direito, é responsável pelas funções mais vitais, ou seja, só pensa em mulher.

•••

O cérebro da mulher é subdividido em várias regiões, cada uma responsável por uma função distinta, todas com o mesmo objetivo: achar defeitos nas outras mulheres.

•••

Você perdeu o emprego? Seu filho assumiu a sua condição de *gay* confesso? Sua mulher está te traindo com o seu melhor amigo? Cuidado! Você pode ter contraído febre sifóide. Depois que você pega essa doença, só sifóide.

PIADAS PARA VOCÊ SE DAR BEM COM AS PESSOAS

Pense numa coisa: Todo dia você cruza com milhares de pessoas desconhecidas na rua e não sabe o que falar com elas. E por não saber como abordá-las, como começar um papo, você pode estar perdendo a oportunidade de fazer um novo amigo. Certamente um dos milhares de sujeitos que passam por você na rua é um cara parecido contigo, um merda como você, que pode trocar experiências e histórias de fracasso com você! Mas como abordar um desconhecido? Como fazer de uma pessoa totalmente desconhecida um novo amigo? Ora, conte uma piada!

Piada para contar para anões que cruzam com você na rua

Dois anões resolvem se divertir e vão para a zona. Depois de uns *drinks*, eles pegam umas meninas e sobem para os quartos. Mesmo estando animadinho, um dos anões não consegue ter uma boa ereção e fica ainda mais desapontado quando ouve o seu amigo no quarto ao lado:

– Um, dois, três e... já! Um, dois, três e... já! Um, dois, três e...já!

Aí ele pensa: "Meu amigo está se divertindo pacas..."

Passada a hora do programa, os anões se encontram para irem embora e o que broxou comenta:

– Pô! Foi uma droga! Por mais que eu me esforçasse, não consegui ter nenhuma ereção!

– Ereção? – O outro anão responde, perplexo.

– E eu que nem consegui subir na cama?!

•••

Todo dia o cara se aproximava da mulher no escritório, chegava bem perto dela, respirava profundamente e lhe dizia:

– Nossa, o cheiro do seu cabelo é alucinante!

Depois de uma semana repetindo isso todos os dias, a moça não agüenta, entra no escritório do chefe para fazer uma queixa de assédio sexual contra o sujeito. O chefe, surpreso, pergunta:

– A senhora tem certeza disso? Qual é o problema de um colega de trabalho se aproximar de você, cheirar o seu cabelo e dizer que ele cheira bem?

– É que ele é anão!

•••

Piada para contar para padres

Um vigário de um pequeno vilarejo tinha um peru como mascote.

Um certo dia ele notou que o peru havia desaparecido, e ele suspeitou de que alguém no vilarejo tinha roubado o bicho.

No dia seguinte, na missa, o vigário perguntou à congregação:

– Algum de vocês aqui tem um peru?

Todos os homens se levantaram!

– Não, não – disse o vigário –, não foi isso que eu quis dizer. Algum de vocês viu um peru?

Todas as mulheres se levantaram!!

– Não, não – repetiu o vigário. – O que eu quero dizer é se algum de vocês viu um peru que não lhes pertence.

Metade das mulheres se levantou!

– Não, não – disse o vigário novamente. – Talvez me faltou formular bem a pergunta. Algum de vocês viu o meu peru?

Todos os coroinhas se levantaram.

Piadas para contar para louras

A loura foi ao pronto socorro com fortes dores na perseguida.

– O que houve, doutor?

– A senhora está com o clitóris igual a uma tampinha de caneta bic!

– Azul, doutor?

– Não, todo mordido...

•••

Uma loura sai do consultório sem entender muito o que o médico falou.

Intrigada, volta e pergunta outra vez ao doutor:

– Doutor, o senhor disse capricórnio ou sagitário?

– Câncer, senhora, câncer.

•••

Uma moça da roça foi convidada para uma festa onde teria que usar vestido, coisa que ela não usava, pois andava só de calças compridas e sem a calcinha. Não havia loja de roupas íntimas por perto, então ela teve uma idéia: lembrou-se de que o armazém de um vilarejo perto da fazenda vendia sacos vazios. Como a moça costurava bem, faria sua própria calcinha! Ela foi até lá, comprou um saco de pano, correu para a máquina de costurar e confeccionou uma linda calcinha. No dia da festa, vestiu a peça feita em casa, colocou o vestido e pegou um ônibus para ir à festa. Como estava acostumada a usar calças compridas, sentou-se num dos bancos, bem à vontade, de pernas abertas. Em sua frente estava um caipira que não tirava os olhos de cima dela. Passadas duas horas, a menina se irritou e perguntou:

– O que foi, caipira, nunca viu uma calcinha!?

O caipira tomou um fôlego e respondeu:

– Óia, moça, vê carcinha eu já vi, mas escrito "ração pra pinto", é a primeira veiz!

Piada para contar para baianos

O cara está comendo uma baiana. Lá pelas tantas, cheio de tesão, ele pede:

– Ai, baiana, deixa eu comer esse cuzinho?

– Ô meu rei, aqui na Bahia não é a mulher que dá o cuzinho não!

Piadas para contar para gaúchos

O chefe gaúcho tinha um Opala, daqueles antigos, mas inteiraço. Ele tinha um ciúme doentio do carro. Um dia alguém bateu na porta do Opala, que amassou. O gaúcho ficou, absolutamente, puto da vida. Encostou o carro na garagem e disse que não ia mais sair com ele.

Passaram-se alguns meses, o gaúcho estava louco de saudade do carrão. Sentou-se ao volante, pôs a chave na partida e nada. A bateria havia descarregado. Depois de várias tentativas, ele desistiu e chamou o mecânico. Este chega, dá uma olhada, tenta ligar e diz:

– É fácil de consertar! É só fazer uma chupeta.

E o gaúcho:

– Se eu der o rabo, tchê, tu arrumas a porta também?

•••

Dois compadres se encontram depois de mais de vinte anos sem se ver.

– Ô cumpade, quantempo sô! Tudo bão cocê?

– Bão sô, i cocê?

– Bão tomém!

– E a patroa e os mininos, mi conta sô!

– Pois é, o mais véio dá um trabaião, ele é desses tar de homissexuar... quando disimbesta a dá o butão, num pára... dá, dá, dá... dá o dia intero!

– Nó cumpade, que disgosto!

– E o pior é que o do meio foi infruenciado por ele! Resurtado, dá tomém! E quando junta os dois intão... dão, dão, dão...dãoo dia intero!

– Eita cumpade, que trem isquisito! E o seu fio mai novo, nun vai dizê que ele tomém foi infruenciado...

– Pra não deixá infruenciá o caçula, mandei ele pra casa da vó lá pás banda do Sul.

– Intonces, esse iscapô?

– Bão! Virô gaúcho, só dá quando bebe...

– Meno mar, né cumpade?

– É... mai bebe, bebe, bebe...bebe o din interim.

Piadas para contar para americanos

Um brasileiro e dois americanos estavam perdidos no Alaska. Depois de um tempão, já sem terem o que comer, resolveram cortar pedaços do corpo para se alimentar.

Pela manhã, um dos americanos cortou fatias de suas pernas e disse:

– Agora temos um pouco de pernil pra comer.

No almoço, foi a vez do outro americano, que cortou um pedaço de suas costas e disse:

– Agora nós temos lombinho para almoçar.

Lá pelas dez da noite, na hora do jantar, foi a vez do brasileiro, que foi logo botando o pau pra fora. Os americanos se animaram:

– Oba, vamos comer uma bela lingüiça!

E, então, o brasileiro disse:

– Lingüiça é o caralho! Vão beber um leitinho e vão dormir!!!

•••

Numa escola norte-americana...

– John, o que você fez no recreio? – pergunta a professora.

– Brinquei na areia.

– Muito bem. Se você escrever no quadro-negro a palavra "areia" corretamente, você leva um 10.

O garoto escreve.

– Muito bem! Ganhou um 10. Agora você, Peter: o que é que você fez no recreio?

– Eu também brinquei na areia.

– Certo. Se você escrever a palavra "brincar" corretamente, você também leva um 10.

O garoto escreve.

– Ótimo! Um 10 para você também. Sua vez, Ahmed. O que você fez no recreio?

– Eu também queria brincar na areia mas eles não deixaram...

– Mas que horror! Isso é discriminação contra um grupo étnico minoritário, subjugado pelas classes sociais burguesas e imperialistas! Olha, Ahmed, se você escrever corretamente "discriminação contra grupo étnico minoritário, subjugado pelas classes sociais burguesas e imperialistas", você também ganha um 10!

Piada para contar para português

A portuguesinha de 10 anos vai pescar com o pai e volta com o rosto todo inchado. A mãe, assustada, pergunta:

– Minha filha, que houve?

– Foi um marimbondo, mamãe...

– Ele te picou?

– Não deu tempo. O papai o matou com o remo.

Piada para contar para argentino

O brasileiro entra em uma loja em Buenos Aires.

– Eu queria um penico, por favor.

– Penico? O que é penico? – indaga o argentino.

– É aquilo lá, ó... – fala o brasileiro apontando para o pequeno objeto.

– Ah... Este no és penico, chamamos a cá de brasileiro! Que tamanho de brasileiro o senior quer?

– Me vê aí um que caiba uns cinco argentinos!

10

OS CONÇÊLHIOS ESPIRITUÁLICOS DO SEU CREYSSON

Se você é um merda, está desesperado, à procura de uma palavra de fé e esperança, ouça o profeta que vai mudar a sua vida!

Preste atenção para as palavras pofréticas dele que é o maior guru do univérsio!

Senhor Seu Creysson, eu sou um cara muito azarado. Casei com mulher feia, moro longe, tô desempregado, toda semana eu sou assaltado... Pô, Senhor Seu Creysson... essa maré de azar tem que acabar... o senhor num tem nada aí pra me dar sorte? Nem um amuleto?

Amulêtio? Eu num tenho amulêtio não. Eu tenho é a mulátia! Essa mulátia dá muitia sorte! Desde que eu arrumei essa mulátia, eu tô comêndio ela! É muitia sortia! Mas infelizmentia pra voceizi, as mercadoria expostia são de usio excrusivio da casia. Minha mulatia não está à vendia.

Mas se você é um otárico que acreditia em amulêtio, entãozio eu tenho um pra venderio pra vocezio! É o Amulêtio Suiçio Multi Usio Capivara Seu Creysson. O uniquio que vem com figuia, trevio, pé de coêlhico e ferradúrica! É uma maravilhíca! Só com um amulêtio dêssios, você pode dar sórtia com uma mulátia déssias! Esse amulêtio vai te dar sórtia pra cassetia!

← **AMULETIO SUIÇIO MULTI USIO**

É wilson ailson! Vilson só? E agória você fiquia com uma das minhas sabedorelhas mais pofrúndias!

"Quem cossa o furíquio, mais cêdio ou mais tárdio acábia cheirândio o dêdio."

AMULETIO SUIÇIO MULTI USIO É MAIS UM PRODUTO DO...

Agora sem équio... que é muito mais chíquio!

O CASSETA & PLANETA agradece à Rede Globo pela cessão das imagens do Grupo Capivara, Grupo Tabajara e Seu Creysson.

OUTROS LIVROS DO CASSETA & PLANETA:

As Melhores Piadas do Planeta... e da Casseta Também!
O grupo mais irreverente do país apresenta uma antologia de suas melhores piadas, acumuladas ao longo de vinte anos de humor.

As Melhores Piadas do Planeta... e da Casseta Também! 2
Eles voltam a atacar e não livram a cara de ninguém. Leia e não ria... se for capaz.

As Melhores Piadas do Planeta... e da Casseta Também! 3
Uma nova série de piadas infames com diversão garantida.

As Melhores Piadas do Planeta... e da Casseta Também! 4
Uma antologia fundamental para quem quer conhecer todos os tipos de piada, das gracinhas para irritar feministas às piadas de corno.

As Melhores Piadas do Planeta... e da Casseta Também! 5
Um livro que reúne piadas hilárias para todos os gostos, sobre tipos inesquecíveis: argentinos, portugueses, caipiras, japoneses...

Manual do Sexo Manual
Um livro de cabeceira para quem gosta de saber tudo sobre sexo, conquista e autocontrole e a louvável arte do sexo manual. Edição revista e ampliada.

A Taça do Mundo é Nossa
Uma obra completa com roteiro, fotos dos melhores momentos e *making of*, comentários de bastidores e fofocas sobre o primeiro filme do grupo.

O Avantajado Livro de Pensamentos do Casseta & Planeta
Uma seleção criteriosa de frases e ditados edificantes que marcaram a história da civilização ocidental.

A Volta ao Mundo com Casseta & Planeta
As aventuras do Casseta & Planeta pelo mundo contadas num texto irreverente e divertido.

As Piadinhas do Cassetinha
Um livro de humor para crianças, recheado de piadas politicamente incorretas.

Seu Creysson, Vídia e Óbria
Garoto-propaganda do audacioso Grupo Capivara, nada escapa ao talento empreendedor de Seu Creysson, um homem simples do povo mas com tutano de gente rica, é claro.

Seus Problemas Acabaram!
Um livro imperdível que reúne as mais engraçadas e eficientes criações das Organizações Tabajara.

CASSETA & PLANETA APRESENTA TAMBÉM:

Agamenon – O Homem e o Minto, de Hubert e Marcelo Madureira
As memórias deste picareta ético que tem uma coluna todo domingo no jornal *O Globo*.

O Livro do Papai, de Helio de La Peña
No momento da chegada de um filho, em que todos só têm olhos para o bebê e a mãe, Helio de La Peña parte de sua própria experiência para falar desse mundo de fraldas, mamadeiras e chupetas.

Júlio Sumiu, de Beto Silva
A estréia de Beto Silva na ficção traz um livro de suspense com muito humor e narrativa ágil.

Editora Objetiva Ltda. Rua Cosme Velho, 103
Rio de Janeiro – RJ – Cep: 22241-090
Tel.: (21) 2199-7824 – Fax: (21) 2199-7825
www.objetiva.com.br

Design de miolo e capa
Tita Nigrí

Editoração eletrônica
Renata Vidal

Ilustrações de aberturas de capítulos
Mongol

Caricaturas do Casseta & Planeta
Osvaldo Pavanelli

Ilustrações de miolo e vinhetas
Renato Lima

Foto de capa
Sid Bond

Produção editorial
Maryanne Linz

Produção gráfica
José Jardim

Revisão
Damião Nascimento
Sandra Pássaro

C344c

Casseta & Planeta
Como se dar bem na vida, mesmo sendo um bosta / Casseta & Planeta. – Rio de Janeiro: Objetiva, 2005

148 p. ISBN 85-7302-745-2

1. Literatura brasileira – Humor. I. Casseta & Planeta (Grupo humorístico). II. Título

CDD B869.7

#HUM01359
Como se dar bem na vida, mesmo sendo um bosta

QUE ESSA NOVA
ETAPA SEJA
REPLETA DE
REALIZAÇÕES
E MUITAS
FELICIDADES!
TE CUIDA
P/ LÁ!!!!...
GRANDE ABRAÇO
RAFAEL MACHADO

ESSE CARA
QUE ESCREVEU
DO LADO É
UM BAITOLA
METIDO A POETA.
O NEGÓCIO É
O SEGUINTE:
APROVEITEM,
SUCESSO E
É NÓIZZZ!
[illegible]

SEU BOSTA:

BIXO, MUITO SUCESSO, SAÚDE
E FELICIDADE SEU BOSTA.
ASS: SANTZ

markgraph

Rua Aguiar Moreira, 386 - Bonsucesso
Tel.: (21) 3868-5802 Fax: (21) 2270-9656
e-mail: markgraph@domain.com.br
Rio de Janeiro - RJ